Narratori Feltrinelli

Banana Yoshimoto
Le sorelle Donguri

Traduzione di Gala Maria Follaco

Titolo dell'opera originale

どんぐり姉妹
(*Donguri shimai*)

© 2010 Banana Yoshimoto
All rights reserved Japanese original edition published by Shinchosha, Japan Italian translation rights arranged with Banana Yoshimoto through Zipango, s.l.

Traduzione dal giapponese di
GALA MARIA FOLLACO

© Giangiacomo Feltrinelli Editore Milano
Prima edizione ne "I Narratori" giugno 2018

Stampa Grafica Veneta S.p.A. di Trebaseleghe - PD

ISBN 978-88-07-03294-3

Le fotografie all'interno di questo volume sono di Chikashi Suzuki.

www.feltrinellieditore.it
Libri in uscita, interviste, reading, commenti e percorsi di lettura.
Aggiornamenti quotidiani

Avvertenza

Per la trascrizione dei nomi giapponesi è stato adottato il sistema Hepburn, secondo il quale le vocali sono pronunciate come in italiano e le consonanti come in inglese. Si noti inoltre che:
ch è un'affricata come la *c* nell'italiano *cesto*
g è sempre velare come in *gatto*
h è sempre aspirata
j è un'affricata come la *g* nell'italiano *gioco*
s è sorda come in *sasso*
sh è una fricativa come *sc* nell'italiano *scelta*
w va pronunciata come una *u* molto rapida
y è consonantica e si pronuncia come la *i* italiana.
Il segno diacritico sulle vocali ne indica l'allungamento.
Seguendo l'uso giapponese, il cognome precede sempre il nome (fa qui eccezione il nome dell'autrice).
Per il significato dei termini stranieri si rimanda al *Glossario* in fondo al volume.

Le sorelle Donguri

Siamo le sorelle Donguri.
Siamo due sorelle che esistono solo tra queste pagine.
Vi succede mai di sentirvi meglio dopo aver scambiato con qualcuno messaggi su cose di poca importanza?
Scriveteci quando volete.
Avete a disposizione un numero limitato di caratteri ma potete scriverci tutto ciò che vi passa per la testa.
Potrebbe volerci del tempo ma risponderemo a tutti.
Le sorelle Donguri

Questo è il testo della homepage del sito delle sorelle Donguri. Per lo sfondo mia sorella si è rivolta a un amico designer che ne ha fatto uno davvero carino, con delle piccole ghiande molto graziose.

Siamo solo noi due, abbiamo cominciato animate da un desiderio molto semplice: essere utili a chiunque desiderasse scrivere delle mail a qualcuno estraneo alla sfera dei propri conoscenti. Mia sorella, che ha una certa predisposizione per la scrittura e lavora nella redazione di una rivista femminile, risponde alle mail. Io penso a cosa rispondere, do un'occhiata ai testi che ha scritto e li salvo, se noto qualcosa di strano glielo segnalo, altrimenti procedo all'invio. Stilo liste dei messaggi ricevuti, prendo nota dei contenuti e della cronologia dei messaggi di ciascuno, eccetera eccetera: mi occupo di registrare un po' di tutto.

Mia sorella decide che direzione prendere e si mette al timone, io osservo il mare dalla prua, correggo la rotta, controllo le riserve di cibo e l'equipaggiamento. L'attività delle sorelle Donguri procede senza scossoni, nessuna onda minaccia di travolgerla. Di persone fuori di testa ce ne sono, ci arrivano anche parecchie mail di cattivo gusto, ma in fin dei conti ce la caviamo abbastanza bene.

Se uno non si sente triste, non ci scrive. La forza discreta della tristezza, che le persone custodiscono più gelosamente di qualsiasi altra cosa, è proprio ciò che impedisce alla nostra attività di raggiungere dimensioni esagerate. Se qualcuno ha voglia di confidarsi, se si sente solo, qualcun altro che già conosce le sorelle Donguri gliele nomina a bassa voce. È capitato che in rete si parlasse di noi, ma il nostro lavoro non è cambiato poi granché. Avendo molto tempo a disposizione, l'improvviso aumento di mail non ci ha mai spaventato. Dopo ogni grande ondata è sempre tornata la calma. Lasciando dietro di sé persone tranquille come piccole, graziose conchiglie sul bagnasciuga. Da un certo momento in poi, sono diventati sempre più numerosi i frequentatori abituali. Fatta eccezione per le evidenti prese in giro, rispondevamo ogni volta a tutti, senza temere nulla. Fintanto che riuscivamo a dimostrare che quello per noi non era un gioco, le persone in genere lo capivano.

Quando è innamorata, mia sorella tende a sparire da casa.

Non è che stia sempre insieme al ragazzo, semplicemente è su di giri e, invece di stare a casa, si dedica a tutta una serie di attività correlate all'innamoramento, come andare dall'estetista, per la manicure, comprare vestiti e parlare d'amore mentre mangia con le amiche.

Io, invece, nel periodo in cui mia sorella iniziò a uscire

con quel ragazzo mi sentivo stranamente introversa e me ne stavo tutto il tempo rintanata in casa, tutto intorno a me era diventato immobile e mi resi conto per la prima volta di quanto silenzioso fosse il mio mondo.

Quando non si esce di casa per tanti giorni, nella nostra testa il mondo diventa a poco a poco più grande di quello reale. Senza che ce ne accorgiamo, le nostre fissazioni prendono il sopravvento. Allora si deve uscire per ristabilire le proporzioni – questo è quello che faccio sempre. Farsi da parte, recuperare le energie. O così o si finisce per soccombere. La minaccia non viene dall'esterno: è la nostra parte più intima che rischiamo di perdere di vista. E se questo accade, le persone intorno a noi percepiranno il nostro spaesamento e il loro atteggiamento nei nostri confronti cambierà.

E noi, che già faticavamo a capire, ci sentiremo ancora più confusi.

Io, in quel periodo, mi ero fatta da parte.
Dovevo preservare quella condizione di leggerezza come se stessi suonando una melodia, come l'attività delle sorelle Donguri che cresceva in silenzio: solo così gli altri si sarebbero mostrati comprensivi.

Quella situazione mi fece capire che l'idea che la realtà rifletta il nostro mondo interiore non dev'essere poi del tutto falsa. Uscire in continuazione, viaggiare, mescolarsi tra la gente produce una sovrabbondanza di informazioni che ci annebbia, ci immobilizza, non ci fa capire più nulla.

Insomma, il periodo che stavo vivendo era così. E l'attività delle sorelle Donguri mi stava a pennello essendo un lavoro cui potevo dedicarmi tranquillamente da casa.

Quando si esce poco, la cucina diventa un piacevole diversivo, ecco perché una o due volte a settimana, all'incirca un quarto d'ora prima della chiusura, mi recavo in un supermercato non proprio vicino a casa. Lo facevo con lo stato d'animo di chi si solleva di scatto dal *kotatsu*: mi infilavo gli zoccoli, prendevo solo le chiavi, il portafoglio, il cellulare e uscivo.

Quand'ero bambina, la sera, il buio e creature come spiriti e zombie mi facevano una gran paura. Mia sorella era una fanatica dei film dell'orrore e mi costringeva a guardarli in continuazione, quindi per me le case erano tutte infestate da spiriti ancora impuri che di notte uscivano per compiere misfatti, mentre i morti, dopo quindici minuti, si risvegliavano per fare del male ai vivi – e non escludo che una parte di me ci creda tuttora. Adesso so che per mia sorella guardare i film dell'orrore era un modo per scacciare la tristezza. All'epoca, però, pensavo che avesse gusti del tutto incomprensibili. L'immagine di lei ragazzina, di spalle, raggomitolata a guardare quegli horror in piena notte era effettivamente strana.

I tempi però sono cambiati e oggi sono gli uomini a farmi paura.

Specie se si esce di sera, è ormai difficile tornare a casa sani e salvi senza imbattersi in qualche malintenzionato lungo la strada. Tentativi di approccio molesti, frasi urlate da auto in corsa, gente che parla da sola: succede di continuo. Inoltre, a furia di leggere le mail più strane, sono venuta a conoscenza di così tanti crimini e incidenti spaventosi da diventare più sensibile della maggior parte delle persone. È proprio in seguito a determinati eventi che nasce il desiderio di scrivere, e anche se so che al mondo non succedono solo cose brutte, tuttavia sono costantemente all'erta. Ecco perché, quando vado a comprare da mangiare, mi sento sempre un po' come se stessi rischiando la vita.

Mia sorella la fa facile, mi dice che se proprio ho tutta questa paura farei bene ad andarci di giorno, ma io funziono meglio di sera, mi sveglio tardi, e con tutto quello che ho da fare mi riduco sempre a un attimo prima della chiusura dei supermercati.

Fra una cosa e l'altra il tempo passò più in fretta, e si era già in inverno. Era più di un anno da che avevamo iniziato a lavorare come sorelle Donguri. Da quando facevo questo lavoro – ma forse tutti quelli che usano internet provano la mia stessa sensazione –, il contatto con il mondo immenso, sconfinato dei rapporti umani mi dava l'impressione che qualcosa di enorme, forse l'universo, forse la realtà, facesse capolino di tanto in tanto nel mio quotidiano.

Se penso a quanto sia effimera la nostra esistenza in mezzo a questa enormità di informazioni, al torbido risentimento che alcuni ci riversano addosso senza neanche conoscerci, o alla gratitudine incondizionata e calorosa di altri, in questo mare sconfinato mi rendo conto che, in termini di passione, gli uni e gli altri non sono poi così diversi. Tutti noi non badiamo alle cose di poco conto, continuiamo a svolgere come meglio possiamo le operazioni quotidiane (comprese naturalmente quelle più necessarie come mangiare e dormire), tiriamo avanti, accettiamo i cambiamenti oltre alla cosa più importante: che siamo destinati a cambiare. Ogni giorno applichiamo questo modo di vivere alla società di cui facciamo parte... Ma allora perché le parole dolci e i gesti d'affetto sanno ancora renderci tanto felici? Credo che dipenda dal fatto che tutti, a livello fisico, continuiamo a nascondere una parte selvatica. Una volta capito questo, il mistero stesso della vita inizia a sembrarci più reale. Non ci importa se è bello o di nostro gradimento: semplicemente ci attacchiamo a questo mondo come parassiti, come virus, e con tenacia continuiamo a vivere. Tessiamo l'ordito del nostro quotidiano lungo la soglia che divide le funzioni di tutti gli organismi viventi e la coscienza che percorre l'universo.

Ed è su questa soglia che noi, le sorelle Donguri, abbiamo tessuto la nostra ragnatela e occupato la nostra piccola porzione di spazio. La nostra sola certezza è che ci troviamo qui. Tutti sono convinti che i problemi siano qualcosa di personale, ma, nell'immensità che ci circonda, è più inquietante pensare a come ogni cosa sia collegata alle altre. Ecco perché in tanti preferiscono scrivere a noi anche se hanno già qualcuno accanto. Vogliono avere la certezza che lanciando un sassolino in questo oceano così vasto potranno vedere comunque i cerchi nell'acqua. Vogliono sapere che dall'altra parte c'è qualcuno, anche se si tratta di qualcuno che non potranno mai vedere.

Decisi che quella sera avrei preparato del *samgyetang*. Il motivo era che avevo sognato di mangiarlo. Al risveglio mi ricordavo perfettamente di quel bel recipiente nero e il brodo lattiginoso che ribolliva. Ma in casa non avevo recipienti di quel tipo e difficilmente sarei riuscita a trovare un pollo intero, inoltre la preparazione era piuttosto elaborata, quindi mi accontentai di comprare del pollo a tocchetti, riso glutinoso, bacche di goji, aglio, zenzero e giuggiole. L'interno del supermercato era illuminato a giorno e i commessi, con i loro grembiuli, si davano da fare, svelti e cordiali, e ti facevano dimenticare tutto ciò che di brutto succedeva nel mondo.

Nonostante l'ora tarda, c'era anche una mamma con il suo bambino. Mi misi ad ascoltarli, lasciandomi contagiare dalla serenità della loro conversazione.

"C'è un tipo fortissimo, ci ha schiacciati tutti!"

"Ah, sì? Dev'essere proprio forte allora. Quando io ero bambina, questo gioco lo chiamavano *beigoma*."

"Allora forse è per questo che il Beyblade si chiama così."

"Quali funghi preferisci nello stufato? I *maitake* o gli *shimeji*?"

"I *maitake* non mi piacciono, non mi piacciono, non mi piacciono! Mettici gli *shimeji*, sono meno peggio..."

"Quando si parla di cibo non si deve usare l'espressione 'meno peggio', hai capito?"

L'infanzia è solo una piccola parte della vita, e in tutte le famiglie si parla delle stesse cose, i bambini e i loro genitori parlano tutti in egual modo. Come le chiacchiere scambiate a letto tra innamorati, pensai. Quella specie di nostalgia che accompagna l'innamoramento è legata al ricordo dei nostri genitori. Con il passare degli anni, i genitori ci mancano sempre di più, ecco perché inseguiamo l'amore anche da vecchi. Gli amori assoluti, incuranti di tutto il resto, sono forse qualcosa che noi esseri umani non siamo davvero in grado di vivere.

All'improvviso mi sentii sola e provai nostalgia dei miei genitori. Anche noi ci eravamo parlati come quel bambino e la sua mamma, ma era passato così tanto tempo che non me lo ricordavo più molto bene, però era successo, e forte di questa sicurezza cercai di calmare il senso di solitudine. Fu come una luce a infrarossi, limpida e intensa, che si faceva strada dentro di me insegnandomi che l'ordine del mondo non si fonda soltanto su meccanismi sessuali, perché anche i legami tra genitori e figli hanno il loro peso – certo, a ben guardare anche quelli sono legati alla sfera sessuale. Insomma, mia sorella la faceva troppo semplice. Borbottando così tra me e me, mi avviai verso la cassa. Vidi la mia immagine riflessa nella grande porta a vetri. Che disastro, i capelli erano tutti in disordine e la pelle aveva uno strano colorito pallido. Da circa sei mesi, gli unici posti in cui andassi erano quel supermercato, il negozio di noleggio di dvd, la libreria e lo Starbucks.

Ancora un po' di tempo, e poi ricomincerò a curarmi e a uscire. Ho anche voglia di vedere il mare. Una volta che si è smesso di uscire, ci si deve sforzare almeno un po', altrimenti si rischia di rimanere chiusi in casa per sempre. Quando ero in grado di fare questi pensieri mi sentivo serena, felice, commossa. Basta parlare, bisogna voltare pagina e lo farò in primavera. Bisogna sognare.

Il mio nome è Guriko. Mia sorella invece si chiama Donko.* Ma che razza di nomi sono? direte voi, e in effetti me lo domando anch'io. Guriko è già abbastanza strano, ma Donko ha addirittura una sfumatura di incompletezza. Per giunta non siamo nemmeno gemelle, e Donko è stata chiamata così in previsione della nascita di una sorellina. Il che è sufficiente a far capire quanto i nostri genitori fossero infantili, sognatori e vagamente eccentrici.

Non so più quante volte mi è stato domandato se il mio nome fosse ispirato ai personaggi di Guri e Gura, i topolini che preparavano il pan di Spagna. Ho collezionato i libri delle loro storie e ho persino imparato a preparare il pan di Spagna secondo la loro ricetta. È quindi con un pizzico di imbarazzo che ogni volta rispondo dicendo: "Ho una sorella che si chiama Donko. Insieme formiamo la parola 'donguri'. Nel giardino dell'ospedale in cui siamo nate c'erano tante ghiande, ecco perché ci hanno dato questi nomi".

"Quindi siete gemelle?"

Ecco un'altra domanda che ci pongono in continuazione. Faccio no con la testa dicendomi che però è normale che ce lo chiedano.

"Tra noi ci sono due anni di differenza, ma per qualche motivo ci hanno voluto affibbiare dei nomi complementari."

Avrò dato questa risposta chissà quante volte, sempre abbozzando lo stesso sorriso. Ogni volta è come se la mia mente tornasse a quel giardino, tralasciando un poco le intenzioni dei miei genitori. Il giardino dove mio padre si accovacciò

---

* "Don" e "guri" insieme formano la parola *donguri*, che in giapponese significa ghianda. [*N.d.T.*]

quella mattina. Il profumo dolce e asciutto delle foglie secche, l'aria limpida. Le ghiande lucide che con la loro forma graziosa rotolavano mescolandosi alle foglie. Lui le scaldava tra i palmi delle mani. Si raddrizzava sulla schiena per guardare il cielo azzurro oltre le cime dei castanopsis. Con il cuore colmo di una gioia incondizionata. Quando mi immagino quella scena sento scendere su di me, come una pioggia scintillante, la felicità di mio padre, il senso di riconoscenza per il dono della nostra nascita.

Il feto (cioè mia sorella) visto nella prima ecografia era identico a una ghianda, e quando la mamma fu portata in sala travaglio, mio padre trascorse le ore precedenti alla nascita di mia sorella raccogliendo ghiande nell'aria tersa dell'autunno. Anch'io, due anni dopo, nacqui in autunno, e lui ingannò l'attesa allo stesso modo, stavolta insieme a mia sorella. Mio padre diceva che quelle ore trascorse a raccogliere ghiande erano state le più belle della sua vita e quale gioia gli procurasse farlo nell'attesa di incontrare le sue bambine. E noi custodiamo ancora gelosamente quelle ghiande che lui ci ha lasciato.

Una volta ci sono andata anch'io. Dissi al tizio che era all'accettazione: "Io sono nata qui. Potrei fare una passeggiata in giardino?". Lui assunse un'espressione sospettosa, poi però consultò i registri e trovò il mio nome, un'aiutante ostetrica che lavorava ancora lì garantì per me, e alla fine mi lasciarono passare.

Eccoli, i grandi castanopsis del giardino dell'ospedale.

"Quindi mio padre se ne stava qui a raccogliere ghiande in attesa che nascessimo," dissi fra me e me, accovacciandomi.

Nella luce trasparente dell'autunno, le ghiande si confondevano con le foglie secche. Con le lacrime agli occhi, ne raccolsi qualcuna. Erano fredde e lisce, gradevoli al tatto.

Quando nacque mia sorella, senza nessuna esitazione

mio padre propose di chiamarla Donguri e mia madre rispose che era un nome bellissimo. Poi aggiunse: "Però sono sicura che avremo un'altra bambina, e allora perché non dividiamo Donguri e le chiamiamo Don-*chan* e Guri-*chan*? Così andranno d'accordo per tutta la vita come due gemelle".

La mamma non andava molto d'accordo con sua sorella, per questo ammirava quelle che avevano un buon rapporto.

Mia sorella ripete spesso: "Meno male che sei nata tu, altrimenti adesso mi ritroverei da sola con questo nome. Però sai, anche se di tanto in tanto mi prendevano in giro sono riuscita a cavarmela meglio di quanto sperassi. Ero una sportiva, alla gente piacevo, e dicevano: 'Per chiamarsi *Don*ko non è poi così *ton*ta, anzi, ha ottimi riflessi!'".

Bah, se a lei quel nome sta bene... A me il mio piace. E non potrebbe essere altrimenti, conoscendo la storia che c'è dietro.

I miei genitori, con i loro animi così delicati, sono stati uccisi insieme ad altre quattro persone in un grave incidente: una mattina, mentre facevano jogging, furono travolti da un camion il cui conducente aveva avuto un colpo di sonno. Io avevo dieci anni.

Era un camion che trasportava *sashimi* freschissimo dal Kyūshū fino a Tōkyō.

Pregai gli dèi di riportarli in vita, giurai di rinunciare alla buona cucina per tutta la vita, di non mangiare mai più *sashimi* a Tōkyō, ma non servì a niente. Per parecchio tempo non riuscii a mangiare *sashimi*. Le immagini si confondevano e a me sembrava di stare mangiando i miei genitori. Adesso ogni tanto vado al ristorante e lo mangio, e devo dire che mi piace. Quando vedo etichette che parlano di pesce fresco pescato in giornata in una località di mare all'altro capo del paese resto un po' interdetta e mi viene da pensare alle vite dei miei genitori e al loro legame fatale con quel cibo così delizioso. Ogni tanto sentiamo le famiglie delle altre quattro vittime dell'incidente, qualche volta ci riuniamo, e tra noi c'è chi ormai non mangia più il *sashimi*. Mia sorella cerca di farli ragionare, dice che non è stata colpa del *sashimi*, ma i figli delle altre vittime si limitano a rivolgerle sorrisi amari.

Nulla in questo mondo è privo di significato. Neanche i pesci, i genitori, i camion e i colpi di sonno. Ma per trovare il significato non si deve andare poi chissà quanto in profondità. Le cose esistono, è molto semplice. Non sono né buone né cattive. È per questo che se oggi mi ritrovo un piatto di buon pesce davanti lo devo mangiare, perché c'è la vita dei miei genitori dentro... Adesso riesco a vederla così, e penso che sia un bene.

Dopo la morte dei nostri genitori, mia sorella e io siamo cresciute a casa di vari parenti.

Il periodo della nostra infanzia trascorso con la famiglia di uno zio paterno, a Shizuoka, è stato particolarmente sereno. Ritrovammo a casa loro la spensieratezza che la mamma e il papà ci avevano fatto vivere. Lo zio e la zia, che non avevano figli, ci crebbero con molto amore e, nonostante il lavoro nella piantagione di tè fosse duro, lavorare tutti insieme era piacevole, inoltre anche i vicini si erano affezionati a noi. Per strada c'era sempre qualcuno che ci fermava e si metteva a parlare, quindi non ci sentivamo mai sole, senza contare che eravamo circondate dalla natura. I tramonti erano immensi, la luna e le stelle splendenti, era pieno di fonti termali, gli inverni erano relativamente temperati, le primavere un tripudio di gemme.

Nel villaggio naturalmente non mancavano lunatici e bugiardi, ma tutti lasciavano correre, li prendevano per quello che erano, e grazie al clima benevolo gli stati d'animo mutavano con leggerezza insieme allo scorrere delle stagioni. Non dimenticherò mai le piccole gioie della nostra vita comune. Il primo tè dell'anno gustato tutti e quattro insieme nel giardino di casa alla luce della luna, le uscite per andare alle terme, noi che strofinavamo la schiena della zia, o che prendevamo il fresco aspettando pigramente che lo zio uscisse dall'area riservata ai maschi.

Poi mio zio ebbe un attacco cardiaco e morì così, all'improvviso, lasciando sola la zia. Per qualche tempo io e mia sorella cercammo di sostenerla aiutandola a sistemare le cose del marito e dandole una mano con il lavoro nei campi. Ormai avevamo una certa esperienza nell'unire le forze e tirare avanti. La zia si mostrava tranquilla, ciononostante i ricordi di quel periodo hanno il colore tenue della malinconia. Qualsiasi cosa stessimo facendo, la mente andava allo zio, così semplice, gentile e buono, e scoppiavamo a piangere tutte e tre insieme. A un certo punto il lavoro alla piantagione rischiava di arenarsi perché noi tre da sole non ce la facevamo, e dunque la zia decise di unire i propri terreni a quelli di un amico dello zio, vedovo anche lui, dello stesso villaggio. Dopo qualche anno si sposarono, e mia sorella e io decidemmo di andare via.

Il nuovo marito della zia era una bravissima persona, ma in fondo noi non avevamo legami di sangue con lei, e pensammo che fosse giunto il momento di allontanarci. Nonostante avesse acconsentito a tenerci con sé, appariva ormai chiaro che per la zia eravamo diventate un peso. Mia sorella e io eravamo determinate a cavarcela da sole, ma al mondo le cose non sono così semplici: eravamo ancora minorenni, quindi un avvocato amico di nostro padre discusse con il resto della famiglia e si stabilì che saremmo andate a stare dalla zia con la quale nostra madre era in cattivi rapporti.

All'epoca io facevo le medie e mia sorella il liceo. In quella casa ci sentivamo come due ospiti non paganti, una situazione che ci provocava grande imbarazzo. Era la prima volta che ci capitava. Ciò che più ci metteva a disagio era non poter contraccambiare l'ospitalità lavorando. Ricevere aiuto senza poterlo restituire era come contrarre un debito ogni giorno più elevato, e ci aspettavamo che prima o poi qualcuno avrebbe preteso che lo ripagassimo in qualche modo.

La zia aveva sposato un medico molto ricco, quindi aveva una domestica che si occupava di tenere pulita la casa e di lavare i panni. Noi due sorelle condividevamo una bella stanza e in teoria avremmo dovuto essere felici, tanto più che, per farci colmare alcune lacune e permetterci di accedere a licei e università private, avevano assunto un insegnante privato. Ciononostante, ci sentivamo molto a disagio e non ci sembrava neanche che la nostra vita fosse migliorata. Poiché far lavorare delle ragazze che avevano accolto in casa avrebbe potuto danneggiare la loro immagine, ci vietarono anche di trovare delle occupazioni part-time, permettendoci solo di andare a scuola e studiare.

Ricordo che all'inizio mi sembrava strano non riuscire a vedere le montagne tra un edificio e l'altro. Né riuscivo ad abituarmi al fatto che la mattina l'aria non fosse fresca come lo era dove vivevo prima. Capivo alla perfezione lo spaesamento di Heidi una volta arrivata in città. Mi mancava qualcosa, mi sentivo soffocare nel corpo e nella mente, sognavo a occhi aperti i campi e le montagne. Eravamo abituate agli sforzi fisici, eppure adesso non avevamo neanche voglia di liberare energie praticando qualche sport dopo la scuola.

Dopo non molto tempo, per me e mia sorella arrivò il momento di separarci. Lei se ne andò di casa e io restai da sola. Quello fu l'unico periodo in cui la mia tendenza a isolarmi dal mondo si spinse leggermente oltre, mettendomi in una condizione molto difficile. L'instabilità tipica dell'adolescenza fece il resto, creando situazioni inesistenti che tuttavia vedevo e sentivo come se le vivessi per davvero.

Ero cresciuta con due genitori semplici e modesti, anche se eccentrici, e poi con degli zii tranquilli in campagna: il poco che sapevo della vita, in quell'età così complessa, mi faceva sentire completamente fuori posto nella quotidianità con una zia amante delle cose belle e appariscenti. Non ero capace di apprezzare gli aspetti positivi di quella nuova vita, tutti quei ristoranti di lusso per me non significavano niente. I tessuti pregiati e i modelli sopra le righe degli abiti di mia zia non mi piacevano, e in definitiva non avevamo nulla in comune.

Neanche loro avevano avuto figli, mio zio non era quasi mai a casa e la zia, a sua volta, usciva spesso. Ma uscivano anche insieme, quindi non penso che tra loro ci fossero problemi, in ogni caso non si può dire che a casa loro si percepisse molto calore.

Da un certo punto di vista, a noi due andava bene così. Per un po' cambiammo atteggiamento: ci divertivamo a cucinare e preparare dolci con la domestica, a guardare tanti film in dvd dalla collezione dello zio, inoltre mia sorella approfittava della loro assenza per uscire la sera, insomma, godevamo di una discreta libertà. A un certo punto, però, come dovevamo aspettarci, si pose la questione se una di noi dovesse essere adottata a tutti gli effetti, diventando quindi l'erede degli zii, o se dovessimo entrambe sposare dei medici.

Mia sorella non ne volle sapere, disse che avrebbe studiato per diventare un dottore di qualcosa (e già il fatto che usasse questa definizione faceva capire che voleva entrare alla facoltà di Medicina solo per guadagnare tempo) e che non si sarebbe certo messa a incontrare i ragazzi scelti per lei dallo zio. Ci furono molte discussioni e alla fine se ne andò di casa.

Una notte mi svegliò e, esibendo una sicurezza quasi irrazionale, mi disse: "Tornerò in tuo aiuto. Non lascerò che ti diano in sposa a un medico scelto da loro. Né che ti adottino. Ne ho già parlato anche all'avvocato amico di papà, puoi stare tranquilla". Quindi infilò in un trolley le cose a cui teneva di più e se ne andò.

Quella notte c'era la neve. La guardai dal terrazzo mentre si allontanava. Avevo i capelli e il pigiama pieni di neve, mentre il rumore delle rotelle sull'asfalto risuonava sempre più distante.

Girati un'ultima volta, ti prego, girati!

Mia sorella, come in risposta al mio desiderio, si voltò e mi salutò con la mano. La sua sagoma, scura e trasparente, sotto la luce dei lampioni e velata dalla neve, era felice, sorrideva.

Quando rientrai in stanza, però, mi ritrovai completamente sola per la prima volta nella mia vita. L'unica presenza che sentivo, in quella stanza vuota, era la mia. C'erano ancora la sua scrivania e il letto, ma lei non sarebbe tornata. Dentro di me sapevo che mia sorella non avrebbe mai più vissuto in quella casa. Naturalmente lo zio e la zia si arrabbiarono, ma decisero che non era il caso di sporgere denuncia alla polizia, perché ormai era maggiorenne. Anch'io chiesi loro di mantenere la calma, promettendo che se mi avesse contattata li avrei informati immediatamente.

Mia zia si rassegnò quasi subito, non sembrò mai particolarmente preoccupata – in fondo si era liberata di un problema – e dal suo atteggiamento mi fu chiara la differenza tra lei e un vero genitore. Un altro elemento che contribuì a non dare eccessivamente peso alla decisione di mia sorella fu il fatto che noi due eravamo seguite dall'avvocato.

Senza mia sorella, per me diventò ancora più difficile vivere in quella casa, e facevo in modo di restarmene il più possibile in giro (essendo però una ragazzina senza grilli per la testa, il massimo che mi concedessi era andare in libreria, in qualche *manga-kissa*, in biblioteca o ai grandi magazzini), oppure mi chiudevo nella mia stanza.

Smisi di mangiare e dimagrii sempre di più, finché delle complicazioni renali mi costrinsero a sottopormi a svariate analisi.

Come se non bastasse, a casa della zia cominciarono a verificarsi dei fenomeni quasi da *poltergeist*: le porte degli armadi si aprivano all'improvviso, il volume della radio si alzava da solo. La zia mi sottopose a esorcismi in strani templi e chiese un consulto a una signora che portava anelli anche più pacchiani dei suoi, ma il tutto senza alcun risultato. Mi sentivo sola e triste. Chiusi il mio cuore. Andai anche da uno psicologo, ma solo per fare contenta la zia. Mi ero così indebolita che alla fine smisi anche con la scuola e presi a trascorrere tutto il mio tempo a letto.

Non so bene neanch'io che cosa abbia fatto mia sorella in quel periodo.

Mi disse di aver cercato di guadagnare denaro sufficiente per venire a riprendermi lavorando nei bar, dormendo da amici, e per un po' di tempo convivendo con qualche ragazzo. A un certo punto, però, capì che così non avrebbe concluso niente, e quindi decise di tentare una negoziazione con il nostro nonno paterno, famoso per essere un misantropo. Il solito avvocato fece da mediatore, si assicurò che non ci sarebbero stati problemi finanziari né legali con la zia, e alla fine il nonno accettò di diventare il nostro tutore. Avevo sedici anni.

Era un uomo eccentrico, taciturno, per nulla incline alle relazioni interpersonali, e dopo la morte della nonna aveva tagliato quasi del tutto i ponti con il resto della famiglia, ma amava i libri ed era una persona splendida, dotata di una grande dignità.

Nonostante avesse dichiarato pubblicamente di non poter nemmeno immaginare di vivere con qualcuno, in effetti abitava da solo, con l'avanzare dell'età iniziava a sentire la necessità di una persona che si occupasse di lui, quindi acconsentì alla nostra richiesta di prenderci con sé.

Vivendoci insieme, però, compresi che uomo meraviglioso fosse.

Cercava di sbrigare da sé le proprie faccende, era una persona schietta, cui bastava addentrarsi nel mondo dei libri per sentirsi libero. Abitavamo a Tōkyō, ma il suo stile di vita abitudinario e sobrio faceva sì che a noi sembrasse di trovarci in mezzo ai boschi.

Quando la vista del nonno si indebolì cominciammo a leggergli a voce alta i suoi libri così difficili, e quella fu per noi l'occasione per imparare tante cose. Mia sorella, in particolare, trasse grande beneficio dalla lettura dei testi della biblioteca del nonno, e credo che il suo talento per la scrittura sia sbocciato proprio allora. Una cosa piuttosto naturale, considerato che nostra madre era un'autrice di libri illustrati e nostro padre un redattore. Ero felice di vedere le sue capacità accrescersi giorno dopo giorno. Non ne ero invidiosa. Anzi, sentivo il desiderio di aiutarla a esprimerle al meglio.

Quando ebbe strappato il consenso al nonno e venne a prendermi a casa della zia, mia sorella aveva la fierezza di una Giovanna d'Arco.

Ormai ero pelle e ossa, avevo pochissime forze e non sarei mai riuscita a prendere la metropolitana, quindi venne in taxi, mi avvolse in una coperta e mi sostenne lungo il tragitto.

Mi disse sottovoce: "Vedi di non vomitare".

Il suo tono era duro, ma stava piangendo. Guardava dritto davanti a sé, ma i suoi occhi limpidi si erano riempiti di lacrime. Nella penombra della sera, le luci dei neon e i fari delle auto le illuminavano le guance conferendole la lucentezza delle bambole di Hakata.

Grazie, le dissi. Sto benissimo, sarei potuta rimanere altri cinque o dieci anni a casa della zia. Ma mia sorella taceva e scuoteva il capo.

Che bella la sera di Tōkyō, grazie per essere venuta a prendermi. Il cielo era chiaro e sembrava sprigionare una luce delicata, mentre noi scivolavamo via come cigni sulla superficie di un lago.

Grazie per avermi tirato fuori da lì.

Per te farei qualsiasi cosa, sorellina mia.

Quando restiamo troppo a lungo in un posto che non è adatto a noi, ciò che custodiamo nel cuore a poco a poco si consuma finché ci ammaliamo: quella sera scoprii la forza delle persone e la loro fragilità.

Lo zio e la zia non mi rendevano la vita difficile né mi maltrattavano né tantomeno c'erano tra noi grosse frizioni. Il mio cuore si era chiuso a guscio, tutto qui. Per questo pensavo di stare bene. Ma col passare del tempo le mie condizioni si erano aggravate, e io stessa stentavo a crederci.

È così semplice, in fondo, l'uomo: non è solo di cibo che si nutre ogni giorno.

Si nutre anche di atmosfere, di pensieri, di mille altre cose che gli assomigliano.

Non potrò mai dimenticare la serenità della nostra vita con il nonno.

Qualche anno prima di prenderci con sé aveva avuto un'emorragia cerebrale che gli aveva causato una paralisi alla gamba destra, ragion per cui necessitava di assistenza. Tendeva a evitare anche i vicini e cercava di cavarsela come meglio poteva. Usava internet per fare la spesa e ordinare i pasti, oppure si accontentava di cibi essiccati. Era veramente un gran testardo. Nel periodo in cui ci accolse, aveva ancora bisogno della sedia a rotelle per uscire; in realtà non usciva mai, e quando era in casa usava un bastone, camminava carponi o si appoggiava al muro. Faceva il bagno raramente, eppure in un modo o nell'altro era sempre riuscito a prendersi cura del suo aspetto fisico. Ciononostante iniziava a mostrare segni di cedimento, le sue condizioni di salute stavano peggiorando perché non assumeva frutta e verdura fresche né proteine a sufficienza, e proprio quando iniziava a meditare sul da farsi, mia sorella si presentò da lui pregandolo di accoglierci in casa sua.

Brontolava sempre di aver accettato perché deciso già da tempo a lasciare tutti i suoi averi a mia sorella e a me, dopo la sua morte.

Come prevedibile, la casa era piuttosto trascurata, ma noi due la ripulimmo da cima a fondo e, stando sempre attente a non fare nulla che potesse irritarlo, riuscimmo anche ad apportare qualche miglioria. Per i nostri corpi abituati al lavoro nei campi quello era un lavoretto facile facile.

Trasformammo il salotto nella camera del nonno, rendemmo più agevole l'accesso al bagno, aprimmo un passaggio che gli consentisse di raggiungere lo studio da solo. Cercavamo di non stargli troppo tra i piedi, evitavamo di parlare o ridere a voce alta, e non ci volle molto perché il nonno si abituasse a quella nuova vita.

Gli servivamo pranzo e cena con un carrello e lui mangiava da solo, e anche in bagno riusciva a cavarsela quasi del tutto senza il nostro aiuto. Quando ci chiamava, noi andavamo, quando serviva, mettevamo in ordine: tutto qui.

"Se vedete libri che vi interessano, li potete prendere," ci diceva sempre.

Penso che prestare libri non fosse cosa di poco conto per lui. Doveva essere come cedere un pezzo della propria vita.

"Non ti dà fastidio avere gente che gironzola per casa?"

Quel giorno provai a rivolgergli questa domanda mentre ero in camera sua a sistemare la biancheria nell'armadio. Di solito davanti a lui me ne restavo zitta per evitare che mi rimproverasse, ma quella volta lo vidi lì, con il libro sulle ginocchia (stava leggendo una raccolta di poesie di García Lorca) e lo sguardo alla finestra, e così mi venne voglia di parlargli.

"Comincia a piacermi, invece."

Ebbi la netta sensazione che, se avessi replicato con qualche parolina dolce, lui si sarebbe indispettito di nuovo, come la conchiglia che serra il guscio all'istante o le foglie dell'albero della seta che si accartocciano, quindi annuii e filai via. Senza nemmeno accennare un sorriso.

Quella che provavo era l'emozione di chi vive con un animale selvatico che piano piano comincia ad avvicinarsi.

Da quel momento in poi mia sorella e io vivemmo sempre con il nonno, ci prendemmo cura di lui in totale tranquillità, senza cercare l'approvazione altrui ma solo amandolo, ricevendone amore, standogli accanto.

E diventammo le eredi ufficiali dell'appartamento in cui vivevamo, composto da cinque stanze, bagno, cucina e soggiorno in un vecchio condominio, oltre che del resto dei suoi beni. Sapevamo che le tasse sarebbero state elevate, ma per noi, almeno per qualche tempo, era più importante conservare il ricordo del tempo trascorso con il nonno. Ci prendemmo cura di lui mentre conviveva con la malattia e poi fino all'ultimo dei suoi giorni – la sua morte fu come un atterraggio dolce. Mia sorella aveva trent'anni e io ventotto.

Organizzammo il funerale e insieme all'avvocato sbrigammo tutte le pratiche relative alla successione. La zia non poté esimersi dall'accusarci di aver mirato all'eredità sin dall'inizio, ma noi con il nonno avevamo stretto un patto.

"Loro si prendono cura di me e mi fanno il funerale, io in cambio lascio loro la casa e i soldi, ma se mi accorgo che per me non provano neanche un po' di affetto, allora non se ne fa nulla," ripeteva sempre a tutti.

Occuparci di tutte quelle faccende finanziarie ci fece sentire adulte all'istante, ci diede sicurezza. Adesso non era più necessario far prendere aria al *futon* né separare capi e capi di bucato, niente più carichi da portare né visite settimanali all'ospedale, non dovevamo più preoccuparci di cambiargli posizione per evitare che si formassero piaghe da decubito né preparargli l'*okayu*, e potevamo mancare da casa anche per lunghi periodi... Ma il nonno non c'era più. Il pensiero ci turbava. Sapevamo che era morto, che non l'avremmo più avuto con noi, eravamo come stordite.

Al mattino disponevamo fiori e incenso sull'altarino e non avevamo nient'altro da fare.

Per due persone attive come noi, era una situazione insostenibile.

Una mattina decidemmo di punto in bianco di fare un viaggio insieme – dopotutto erano più di dieci anni che non ce ne andavamo tutt'e due da qualche parte – e la scelta ricadde sulle terme di Hakone.

Ci era capitato di muoverci separatamente, in quei dieci anni ognuna di noi era uscita con i propri amici, magari a bere, si era innamorata, ma noi due insieme saremo andate tutt'al più a prendere una boccata d'aria in qualche *family restaurant* a notte fonda.

Era la prima volta dopo tanto tempo che dormivamo fuori casa, e così non riuscimmo a prendere sonno: anche dopo aver spento la luce, eravamo completamente sveglie.

Con indosso gli *yukata*, eravamo distese su *futon* sottili come cracker disposti su *tatami* malandati.

Essendo piombate a Hakone all'improvviso, non avevamo trovato spazio nei *ryokan* migliori e ce n'era capitato uno piuttosto vecchio. L'acqua termale però era meravigliosa e, cosa ancora più importante, l'ambiente era pulito.

Avevamo il *ryokan* quasi tutto per noi e c'era un gran silenzio, interrotto soltanto dal gorgoglio di un fiume in lontananza. Dal soffitto ci arrivava la debole eco di qualche voce.

Mia sorella domandò: "E adesso che facciamo?".

Era una questione che incombeva su di noi ormai già da un po'.

Eravamo libere senza conoscere davvero la libertà,

avremmo desiderato vedere il nonno, provavamo una specie di nostalgia.

Risposi: "Io voglio restare ancora un po' in quella casa. E mi piacerebbe che ci fossi anche tu. Almeno fino a quando le acque si saranno calmate. Anche perché lo spirito del nonno forse è ancora lì in giro da qualche parte. E se così fosse, si sentirebbe solo non trovandoci".

"È vero. Gli dispiacerebbe troppo se la vendessimo e ce ne andassimo via. Nemmeno io lo desidero. Per un po' voglio restare lì. Abbiamo appena sistemato tutto. Io sono un tipo romantico, ma non intendo sposarmi. Non voglio più sentir parlare di soldi ed eredità. Sono tutti problemi che derivano dal matrimonio. E per adesso voglio una vita senza queste preoccupazioni, desidero potermi muovere liberamente."

"Hai ragione, sono situazioni spiacevoli. Il secondo matrimonio della zia, e poi tutta la faccenda del matrimonio combinato, il trasferimento dal nonno: non c'erano in ballo grosse somme, eppure quando si trattava di noi, forse perché non abbiamo più i genitori, in un modo o nell'altro si finiva sempre per parlare di soldi. Stiamocene tranquille per un po': è meglio così, credo."

"Bene, allora è deciso: per qualche tempo rimarremo lì insieme."

"D'accordo."

In fondo non avevamo alcun luogo, né fisico né figurato, verso cui affrettarci.

Fino ad allora non ci era quasi mai successo di vivere soltanto per noi stesse, senza dover aiutare qualcun altro. Adesso dovevamo solo cercare di scaricare la tensione dalle braccia e dalle spalle. L'inclinazione a prenderci cura degli altri faceva parte di noi, era come una malattia. Ci faceva andare avanti ma ci manteneva anche con i piedi per terra.

Nel periodo in cui accudivamo il nonno, mia sorella aveva avuto dei ragazzi, ma quando venivano a sapere che aveva un nonno infermo e una sorella disoccupata le loro reazioni tendevano a essere estreme.

O sparivano con discrezione, oppure giuravano solennemente di farsi carico di tutti noi.

E mia sorella puntualmente troncava quelle relazioni appena cominciate.

Voglio dire, ma è solo una mia supposizione, che forse mia sorella non sa cosa sia il vero amore. Né ha voglia di dedicare del tempo a scoprirlo.

"Pensavo: se una di noi dovesse sposarsi, sarebbe meglio che se ne andasse da un'altra parte, non ti pare? Non credo che il nonno accetterebbe un'altra persona in casa sua."

"Forse ti fai un po' troppi scrupoli."

"Sì, forse hai ragione. Comunque sarei dell'idea di affrontare la situazione quando e se dovesse presentarsi. A quel punto potremmo vendere la casa, dividerci gli oggetti e i soldi del nonno e andare a vivere ognuna per conto proprio. Stiamo a vedere come si mettono le cose. Dipenderà anche da dove abiterà il marito dell'una o dell'altra, dalle sue condizioni economiche, senza dimenticare che ci sono coppie di coniugi che vivono separati, né è da escludere la possibilità di fare dei lavori in casa e trasformarla in due appartamenti."

"A giudicare da come parli si direbbe che la più propensa a sposarsi sia tu," disse mia sorella.

"*I have no idea*. Non ho nemmeno un ragazzo." In effetti, l'ultima mia relazione risaliva a diversi anni prima, quando uscivo con un uomo che lavorava alla farmacia del quartiere dove ci servivamo abitualmente. Ma ero troppo presa dal nonno, e la nostra storia non è mai decollata.

"Per quanto ne so, però, ogni volta che una donna ottiene un lascito o un immobile di proprietà finisce per trovarsi in mezzo ai guai. Penso che sia meglio non raccontarlo in giro. A nessuno verrebbe in mente di sposare un uomo sapendo che il suo reale obiettivo è la casa, ma nella maggior parte dei casi chi si sposa per interesse di sicuro non lo dice apertamente, ed è lì che le cose si complicano. E poi secondo me chi ama davvero si accontenta di ciò che ha di fronte e non desidera altro. Non avrei di che lamentarmi se la persona a cui voglio bene mi dicesse una cosa del genere. Ma mi rendo conto che senza vendere la casa nessuna di noi avrebbe i soldi necessari per liquidare l'altra. Finirebbe per avere la meglio chi di noi due scegliesse di restare, e il nostro rapporto si guasterebbe. Ecco perché credo che, arrivate a quel punto, la cosa migliore da fare sarebbe vendere e dividere tutto a metà."

"Ma sì, in fondo penso che noi due riusciremo sempre a trovare un accordo a seconda delle circostanze. A meno che qualcosa nella nostra mentalità non cambi. Possiamo resistere anche all'amore più folle. E poi... C'è un'altra cosa di cui vorrei parlarti. Se per un po' tiriamo la cinghia, credo di potermi prendere una pausa dal lavoro senza ridurci alla fame. Ho il mio lavoro alla rivista, anche se saltuario, quindi un'entrata minima ce l'abbiamo."

"È vero. Però sai, forse dovresti cercarmi qualcosa. Magari un impiego part-time. In fondo non è più necessario che rimanga a casa tutto il tempo. Anche se non credo di essere ancora in grado di poter stare fuori per una giornata intera."

"A me non pesa. Mi adatto velocemente alle nuove situazioni. Tu prenditi il tempo che ti serve. A dire il vero, sai... Un'idea ce l'ho già. Penso che gli esseri umani dovrebbero lavorare per il benessere altrui. Va bene qualsiasi cosa, l'importante è che si sia utili a qualcuno, è il modo più sano di stare al mondo. Abbiamo accudito il nonno e adesso lui non c'è più... Ma quell'esperienza ci ha fatto guadagnare tanto. Non nel senso letterale del termine: non parlo dei soldi o della casa. Mi riferisco all'amore. Volevo trovare il modo più semplice per restituirlo agli dèi, e ho avuto un'idea che ci permetterebbe di valorizzare queste nostre doti."

"Se pensi di voler accudire un altro vecchietto, non sono d'accordo."

Mi sentivo così sola e triste che mille volte al giorno mi veniva voglia di tornare a quel periodo, di vedere la pelle sottile delle persone anziane, di sentire l'odore di urina e quello caratteristico dei vecchi, di prendermi cura di qualcuno, e forse anche a mia sorella capitava.

"Avevo pensato anche questo. Ma so che non troveremo mai una persona meravigliosa come il nonno, e in ogni caso non siamo delle professioniste. Forse abbiamo solo riversato l'affetto che ci legava al nonno su tutti gli anziani del mondo. E non è un male se attraverso il nonno abbiamo imparato ad amare le persone anziane in generale, ma dovremmo lasciarci il passato alle spalle."

"Sono d'accordo. Come parli bene."

Ero incantata. Il discorso di mia sorella aveva sciolto come neve al sole il mio desiderio di tornare al passato. Nelle sue parole c'era qualcosa di magico.

Fu così che mi propose di lavorare con lei al "progetto Don-guri".

Non sarebbe certo stata una passeggiata, ma se non ci fossimo fatte pagare ce la potevamo prendere relativamente comoda.

Senza farci pagare non ci saremmo sentite obbligate a dare risposte che soddisfacessero le aspettative di chicchessia. Si sarebbe trattato di semplice corrispondenza. Non avendo fini di lucro, non sarebbe stato necessario farci pubblicità e quindi non ci saremmo ritrovate sommerse dai messaggi.

"Certo però che mi spaventa un po' l'idea di vivere tutta la vita senza guadagnare un centesimo."

"Ma io continuerò a scrivere per la rivista e alle mail risponderò nel tempo libero. Per me il lavoro alla rivista rimane l'occupazione principale, quindi non lo lascerò mai, continuerò anche se dovessero pagarmi meno. Il vero problema è che non sono una persona metodica, quindi vorrei che fossi tu, Guri-*chan*, a gestire le mail."

"Quello lo posso fare. E posso anche occuparmi della casa. Posso cucinare, mentre per le pulizie sarà sufficiente che mi aiuti di tanto in tanto."

"E allora proviamoci!"

Avevamo le gambe al caldo, i capelli e la pelle lucidi, e il cibo non era male: ero felice. Il materasso era sottile come un cracker, ma la trapunta era soffice soffice. Non desideravo altro.

"Scegliamo un unico nome per entrambe e mettiamo su un duo!" continuò mia sorella.

"Come Fujiko Fujio?"*

"Io voglio fare Fujimoto."

"Macché, sono io Fujimoto. Il contrario è impensabile, perché a me i personaggi di Abiko, come per esempio Moguro Fukuzō e Matarō, non dicono nulla. Be', però Carletto non è male. È uno a posto. Tu comunque giochi a golf e per questo non puoi che essere Abiko."

Mia sorella non rispose. Mi voltai a guardarla e vidi che fissava il soffitto.

"Forse hai ragione," disse.

Chissà cos'era stato a convincerla.

Eravamo così vicine, eppure di lei c'erano tante cose che non capivo.

"Allora sai che c'è? Che tu sei quella strampalata di Chie-

---

* Pseudonimo con cui la coppia di disegnatori composta da Fujimoto Hiroshi (1933-1996) e Abiko Motoo (1934) ha firmato alcune opere tra il 1954 e il 1987. A Fujimoto si deve, fra gli altri, *Doraemon* (1969), ad Abiko, invece, *Carletto, il principe dei mostri* (1965). Abiko è inoltre un noto appassionato di golf. [*N.d.T.*]

chan, il personaggio di quel romanzo, *Chie-chan e io*, in cui una donna in carriera accoglie in casa sua una parente disperata."

"Be', forse sì. In realtà quel personaggio non mi dispiace, sai?" ribattei annuendo.

La guardai di nuovo e lei, sempre con gli occhi rivolti al soffitto, sorrise con aria assonnata.

Ero sempre più convinta che fosse proprio un tipo strano.

E così il nostro pseudonimo, le "sorelle Donguri", fu deciso. Naturalmente mia sorella l'aveva scelto ispirandosi alle "sorelle Kanō" e ai "fratelli Ōmori", perché secondo lei "due sorelle che scrivono devono per forza chiamarsi così", comunque per fortuna né le une né gli altri ci hanno mai accusato di plagio. Né ci sono arrivati inviti per uscite a quattro, quindi ci siamo tranquillizzate – si vede che in fondo tra noi e loro non si percepisce alcun legame così evidente – e così siamo diventate due compagne che condividono i medesimi spazi.

Forse per il fatto che lei se ne era andata non ho un grande attaccamento nei confronti di mia sorella. I nostri caratteri sono diametralmente opposti, quindi più che una sorella forse la considero un'amica d'infanzia con cui condivido ricordi impossibili da rivivere con altri.

Care sorelle Donguri,
avendo una persona malata in casa, non posso mai fare viaggi con la mia famiglia, il che mi rende molto triste.
Non posso muovermi liberamente e questo mi fa soffrire, mi infastidisce.

Mimi

Buongiorno Mimi.
Quando nostro nonno era vivo, noi due non potevamo mai viaggiare insieme. Allora quella che andava da qual-

che parte scattava fotografie di cibi deliziosi e splendidi panorami e le inviava all'altra. La reazione più naturale sarebbe stata di provare fastidio o invidia, ma noi eravamo così ingenue, o forse ci sforzavamo di esserlo, che ci limitavamo a dire "che buono", "che bello" e tornavamo a occuparci del nonno. Accudire qualcuno non è sempre facile, inoltre il nonno era un essere umano come tutti e a volte capitava che ci dicesse cose spiacevoli. Però è stato bello averlo accanto.

Le sorelle Donguri

Questo era un esempio delle mail che ricevevamo e delle nostre risposte.

Il più delle volte si trattava di scambi piuttosto semplici, tranquilli.

Alcuni giorni ci arrivavano anche cento mail, quando andava bene si aggiravano intorno alle venti. C'era chi in un giorno ce ne mandava diverse, ma noi rispondevamo soltanto a una.

La semplicità delle nostre risposte faceva sì che la persona dall'altra parte replicasse con la stessa serenità. Il nostro compito era intrattenere con loro quelle conversazioni minime che nella vita di ogni giorno non riuscivano ad avere con nessuno. Non dovevamo né scoraggiarli né provocarli.

Tutti vogliono parlare di cose poco importanti, ma c'è chi è solo e non può farlo, chi ha troppi impegni e non riesce a trascorrere con la famiglia il tempo che vorrebbe e chi è stanco di fare solo discorsi seri.

Le persone non si rendono davvero conto di quanto sia importante parlare del più e del meno.

Leggendo quella mail mi venne in mente un episodio che raccontai a mia sorella.

Stavo lavando il viso e le gambe al nonno, quando mi arrivò una sua mail dal luogo in cui stava trascorrendo le vacanze. Aveva fatto un pupazzo di neve con il suo ragazzo, che bello, uffa. E in un attimo fu come se la neve si fosse messa a cadere dentro di me. Le sensazioni di mia sorella erano arrivate fino a me.

Lei mi aveva inviato quella fotografia perché desiderava sinceramente condividere con me quel momento di bellezza.

Se avesse voluto farmi ingelosire, le cose non sarebbero andate così.

Quando glielo raccontai, mia sorella fece un sorrisetto divertito e si mise a scrivere la risposta.

Le sue mail sono sempre delicate, un po' malinconiche, e il più possibile brevi.

Scrive cose semplici e sempre in buona fede. Da quando ci siamo inventate le sorelle Donguri, anche le nostre conversazioni sono diventate una parte della forma di vita che porta quel nome. Una forma di vita che non corrisponde né a me né a lei.

Ecco perché, quando gli amici mi chiedevano: "Don-*chan*, Don-*chan*, ma non è che siete voi le sorelle Donguri?", io negavo e aggiungevo che se fossimo state noi non avremmo mai scelto uno pseudonimo così cretino.

Anche se a volte non sembravano del tutto convinti, annuivano come se volessero farmi contenta.

Mi ero messa a lavorare in attesa che il mio *samgyetang* cuocesse nella pentola a pressione, così non mi accorsi che erano già le tre del mattino.

Mia sorella non era ancora rientrata ma mi sentivo tranquilla.

Quella notte la stanza era invasa dal profumo del brodo di pollo e del ginseng.

Le finestre erano appannate e le luci oltre il vetro erano bagliori fiochi bordati dei colori dell'iride.

Ero felice come non mai.

Da quando vivevo in quella casa mi ero domandata spesso se avessi diritto a una simile felicità. E adesso che avevamo accompagnato il nonno verso una fine serena, non avevo neanche più la sensazione di essere un'ospite, ero ancora più a mio agio. Era come se avessi portato a termine un compito.

Ero viva, avevo un tetto sulla testa, una casa calda in cui non vivevo sola, e la stanza era impregnata del profumo del piatto delizioso che avevo appena finito di preparare. Ero contenta – e quanto poco ci voleva a esserlo. Non desideravo niente di particolare. Mi bastava sapere di poter provare una sensazione come quella.

Ero immersa in questi pensieri e mangiavo il mio *samgyetang*, quando sentii qualcuno armeggiare con la maniglia del portone e vidi entrare mia sorella, ubriaca.

Talmente ubriaca da non riuscire neanche a sfilarsi gli stivali senza inciampare.

"Bleah, ma cosa mangi, il *samgyetang*?"

"Perché 'bleah'?"

"Perché l'ho mangiato proprio stasera insieme al mio ragazzo. La mamma è coreana."

"Nord o Sud?"

"Che c'entra la Corea del Nord? È coreana, di Seul, è da lì che viene la sua famiglia."

Parlava a voce un po' alta, ma con un tono dolce. Sei proprio cotta, pensai. Prevedibile come un gattino.

Era leggermente rossa, come una donna tra le braccia del proprio uomo, un incarnato sano, non sembrava stanca e la sua pelle era liscia e morbida come pasta lievitata. Una che sta così non può certo interrompere la relazione che sta vivendo. È incredibile come l'amore possa modificare di punto in bianco il fisico, il volto e persino l'andatura di una persona.

Mia sorella non era esattamente il tipo di ragazza che piace agli uomini. Aveva gli occhi più stretti dei miei, era muscolosa, di carnagione scura, con un fisico asciutto da sportiva. Pur essendo sorelle non ci somigliavamo affatto, perché io invece avevo la carnagione chiara ed ero paffutella e dai modi impacciati. Il viso grazioso, ma di un grazioso che faceva pensare a una bambina.

Io non mi innamoravo quasi mai, mia sorella in continuazione.

Non ho incontrato molti dei suoi ragazzi, ma in genere hanno visi squadrati e poco espressivi, un bel fisico imponente ma allo stesso tempo un che di delicato.

"Mi piace così tanto che a un certo punto non riuscivo più a spiccicare parola," disse mia sorella.

"Dici sempre così o sbaglio? Per adesso va ancora bene, ma una volta che avrai superato i trentacinque anni dovrai smetterla con questa vita. I ragazzi cominceranno a non guardarti più e allora saranno guai. Di mail che raccontano storie di questo genere ce ne arrivano in continuazione, mi sono venute a noia, ormai."

"No, continuerò, magari moderando il ritmo, ma continuerò imperterrita. Figli non voglio averne. Sono fiduciosa di poter andare avanti così fino ai cinquantacinque."

Avrei voluto dirle che non stavamo parlando dello scrivere romanzi né della carriera di un atleta.

"Ma sì, se ti piace continua," le risposi rassegnata, al che lei ribatté con un'espressione elettrizzata: "Non mi voglio sposare, delle storie d'amore a me piace solo il periodo iniziale. Quando per essere felici basta un niente. È sufficiente respirare per stare bene. Sai, per me la cosa più bella sarebbe portare tutti questi ricordi nella tomba insieme con me. Quando sarò vecchia ripenserò a ognuno dei miei fidanzati e vivrò così, crogiolandomi nei bei ricordi. Sarà fantastico!".

Poi si avviò verso il bagno. Nella vasca avrebbe rimuginato su quelli che sarebbero diventati i ricordi della giornata. Un'altra cosa strana che mia sorella faceva quando era innamorata erano quei bagni lunghissimi.

Io invece non avevo bisogno di innamorarmi per essere felice. Riuscivo ad assaporare la felicità anche standomene in silenzio e per conto mio.

Anche se avevo vissuto esperienze in qualche modo scioccanti, la parte più profonda della mia anima non era stata toccata.

Nonostante avessi perso leggermente il senso della realtà, era stato sufficiente prendermi una pausa perché le ferite si rimarginassero e la felicità schizzasse fuori all'improvviso in ogni direzione.

Credo che sia questo ciò che chiamano forza vitale.

Le brutte esperienze dell'infanzia non avevano intaccato il mio equilibrio. E se anche era accaduto solo in parte, per rimettermi in piedi dovevo semplicemente proseguire per la mia strada.

Non serviva alcun meccanismo correttivo. Forse a un certo punto mi avrebbe giovato essere ottimista, elaborare i traumi, consultare un veggente o mettermi a fare attività fisica, ma non adesso.

Ora dovevo prendermi cura di quella parte profonda della mia anima, restituirle il calore, la dolcezza di un abbraccio, il posto che le spettava. Ero la sola a sapere di cosa avessi bisogno. Non agivo con ostinazione, ma nella consapevolezza che quella era la cosa migliore per la mia anima.

Rimettersi in piedi richiede calma e lentezza. Come uno di quei fiori artificiali che si schiudono sott'acqua, o quelle piccole spugne che assumono forme diverse una volta bagnate, o un ruggito che si propaga in lontananza: la cosa più importante era riuscire a sentire che il tempo scorreva lentamente.

Certo, avrei potuto seguire l'esempio di mia sorella, il lupo solitario che aveva reciso i legami con chi si era preso cura di lei e alla nostra casa aveva preferito una vita selvatica. O sarei potuta restare dalla zia e aiutarla con il lavoro nei campi. Naturalmente mi sarei anche potuta sposare con un medico. O diventare un'infermiera professionista. Forse al mondo sarei stata più utile così che come una delle sorelle Donguri.

Ma avevo preferito sentire qualche cosa, che fosse l'emozione dell'amore o il profumo della libertà. Aiutare mia sorella, che se la cavava bene ma con le sue stranezze un po' mi impensieriva, vivere in modo semplice, impegnarmi affinché la mia vita risplendesse della luce che i miei genitori mi avevano trasmesso così generosamente.

Ero piena di entusiasmo all'idea di tutto ciò che sarebbe potuto accadere di lì a poco.

La sola decisione che avessi preso era di portare avanti per qualche tempo il progetto delle sorelle Donguri.

Era proprio quella sensazione di incertezza a piacermi di più: aspettavo impaziente l'onda e mi chiedevo come l'avrei cavalcata.

Eppure qualcosa mi impediva di uscire di casa... Mi chiedevo cosa fosse e non sapevo darmi una risposta.

Forse perché avevo visto mia sorella in quello stato e mi ero addormentata fantasticando su questioni d'amore, quella notte feci un sogno stranamente realistico.

Nel sogno stavo guardando colui che per primo aveva visto qualcosa di buono in me.

Eravamo in una stanza piena di gente, come l'aula della scuola media, ma più grande, e lui gironzolava. Io lo guardavo fisso ma per qualche ragione non riuscivo a rivolgergli la parola. Sentivo che mi scendevano le lacrime. Il suo profilo, la voce profonda, il suo inconfondibile modo di muoversi, così disinvolto: tutto questo per me era il tesoro più prezioso. Forse tenevo più a lui che a me stessa.

Portava la divisa, quindi doveva essere la scuola media.

Fuori dalla finestra si vedevano i filari di ginkgo e la strada, di un bianco abbagliante, che conduceva all'uscita.

Nel sogno osservavo i suoi movimenti proprio come facevo nella realtà, quando, per un motivo o per un altro, riuscivo sempre a non perderlo di vista. Mi accontentavo di quello. Dentro di me ringraziavo in continuazione gli dèi. Li ringraziavo perché mi permettevano di stare lì a contemplare una persona meravigliosa come lui.

Era un sogno semplicissimo, eppure mi suscitava una tale tristezza che mi sembrava di impazzire. Era come se fossi tornata indietro nel tempo: mi mancava il respiro, mi sentivo soffocare.

Nella stagione della vita reale in cui l'assurdità dello stare al mondo si percepisce più nettamente, quella era la scena che avevo davanti agli occhi. A scuola potevo vivere una vita normale. Anche se ero introversa e un po' strana avevo degli amici, potevo confondermi tra quelle persone, ciascuna a suo modo con un futuro davanti a sé, e dimenticare tutto il resto.

Una volta a casa, però, mi rinchiudevo nella mia stanza.

E lì, mentre le mie condizioni di salute precipitavano, cose come andare al liceo, iscrivermi all'università, trovare un lavoro e mettere da parte il denaro necessario ad andarmene mi sembravano traguardi irraggiungibili. Dovevo accettare un matrimonio combinato con un medico? Era proprio il periodo in cui lo stress dovuto alla separazione da mia sorella mi stava procurando problemi ai reni, quindi mi stancavo con facilità e non riuscivo a dormire, facevo continuamente brutti sogni, credevo addirittura di incontrare fantasmi per strada e vivevo in uno stato di prostrazione perenne.

Mi sottoponevo a regolari visite ai reni ed ero costretta a bere quantità assurde di acqua. Assurde. Secchiate di acqua a temperatura ambiente. E poi urinavo.

A quei tempi mi sarebbe piaciuto essere il personaggio di un manga.

La vita così sarebbe stata molto più semplice. Niente più flebo dolorose né fastidiosi esami delle urine. Un'altra cosa che non sopportavo era dover dire alle infermiere la frase che più avrei voluto tenermi per me: "Oggi ho il ciclo". I medici facevano solo discorsi noiosi del tipo: "Se continui così i tuoi reni peggioreranno e dovremo metterti in dialisi".

Mi tolsero il sale, così la merenda smise di avere sapore e la zuppa di *miso* divenne acqua sporca al profumo di *miso*. Negli anni dell'adolescenza si ha sempre fame, e ogni volta che divoravo il cibo della mensa a scuola, felice di sentire il gusto finalmente di qualcosa, mi sentivo imbarazzata, patetica.

Non è giusto, proprio non è giusto, che brutta faccia che ho. Sono smorta. Questo era ciò che pensavo guardandomi allo specchio. Le mie guance non erano più paffute, la pelle non era più rosea: l'immagine riflessa era quella di un'adolescente pallida e per niente sana.

Fu allora che quel ragazzo, Mugi-*kun*, venne a sedersi al posto accanto al mio e cominciò a raccontarmi cose divertenti, riuscendo ogni giorno a farmi ridere.

Sin dall'inizio ebbi la sensazione di piacergli. Lo capii perché quando fu decisa la disposizione dei banchi e seppe di essere capitato accanto a me, si fece tutto rosso. Così rosso che il professore lo mandò in infermeria per fargli misurare la febbre.

A me lui piaceva già da prima.

Mi piacevano le sue spalle un po' curve, l'aria timida, i movimenti naturali e armoniosi. Anche quando camminava in gruppo con gli altri ragazzi io riuscivo a individuarlo.

Sembrava delicato, fragile, ma sapevo che non lo era. Pensavo fosse portato per lo sport. I suoi movimenti erano misurati come quelli di un gatto. Il padre aveva imparato le arti tradizionali della navigazione alle Hawaii e partecipava a gare di kayak. Aveva un negozio sulla costa dello Shōnan e insegnava sport acquatici ai bambini del posto. Qualcuno mi aveva detto che anche Mugi-*kun* faceva surf e kayak. Tutto l'opposto di me, ma mi piaceva un sacco, era diverso dagli altri, un ragazzo veramente in gamba.

A quei tempi le attività outdoor e a contatto con la natura non andavano ancora di moda, nella nostra classe si parlava solo di calcio, del campionato di baseball e di telefilm, e Mugi-*kun* riusciva a malapena a seguire quelle conversazioni, per cui c'era chi lo considerava un po' strano.

"Devi venirci anche tu al mare, Guri." Questa uscita di Mugi-*kun* arrivò così inattesa che credetti di non aver sentito bene.

"Io? Al mare? Io che entro ed esco dagli ospedali in continuazione?"

D'accordo, mi avevano diagnosticato un problema ai reni, ma perché vedevo le cose in modo così negativo? Una gita al mare non mi avrebbe certo fatto male. Purché non mi fossi messa a bere l'acqua salmastra.

"Ma certo, al mare. Il mare fa bene alla salute. Io, per esempio, da piccolo soffrivo di sindrome atopica, ma adesso sono completamente guarito."

All'inizio il sole gli causava prurito; una volta era quasi annegato e si era preso un grosso spavento, quindi detestava il mare, ma a poco a poco aveva cominciato a piacergli e adesso ci andava anche da solo. Si era fatto un sacco di amici, la sua pelle era guarita e se prendeva il sole, a parte scurirsi, non gli succedeva più nulla. Il mare e la luce del sole forse avrebbero fatto bene anche a me.

Ogni tanto mi capita ancora di chiedermi cosa sarebbe successo se fossi riuscita a porgli una semplice domanda: "Va bene, Mugi-*kun*, allora mi ci porti?".

Ma non l'ho mai fatto.

Non volevo interromperlo. Desideravo continuare ad ascoltare quella voce che vibrava al ritmo delle onde. Per me era più importante dimenticare la realtà. Una volta tornata a casa, potevo rimuginare sui sentimenti di Mugi-*kun* nei miei confronti, pensare soltanto a lui, rifugiarmi in quelle fantasticherie e da lì scivolare direttamente nel sonno.

"La prossima volta," disse Mugi-*kun*.

"Eh?" ribattei.

Mugi-*kun* si fece tutto rosso e si corresse: "No, volevo dire *qualche* volta".

Quelle parole per me contavano più che una dichiarazione d'amore. Anche se volevano dire soltanto "La prossima volta".

Nella mia vita mi sarei innamorata chissà quante altre volte ancora, ma forse non avrei mai più provato una simile sensazione, lo spazio intorno a me che si allarga a dismisura.

Domani a scuola potrò rivederlo. Mi bastava quello per riuscire ad andare avanti. Guardavo Mugi-*kun*, che aveva un papà e una mamma che si prendevano cura di lui, andava al mare ogni fine settimana e faceva un sacco di esercizio fisico, e riuscivo a dimenticare che io, invece, i genitori non li avevo più. Conduceva una vita sana ed era sicuramente circondato da ragazze piene di brio, eppure era riuscito a scorgere qualcosa di buono in una persona fragile come me, restituendomi tanta fiducia in me stessa.

A quei tempi per me lui non era né maschio né femmina: era come un angelo.

Credo che se mai un giorno avrò un bambino sarà un po' la stessa cosa.

Questo è uno dei motivi per cui, a differenza di mia sorella, non ho un'idea del matrimonio completamente negativa.

Così come il buongustaio ha perso, in parte, il gusto della sorpresa di chi solo raramente assaggia piatti deliziosi, io, che non ero molto esperta in amore, tendevo a non vedere tutti quei meccanismi che invece a mia sorella sembravano evidenti. Credo che un matrimonio possa riuscire solo a chi è nella mia situazione, solo a chi non è troppo consapevole.

C'è un pensiero che ogni tanto mi arrovella e mi turba: "E se mia sorella senza di me facesse una brutta fine?".

Vorrei che fosse solo una sensazione priva di fondamento, cerco di convincermi che finché continueremo a occuparci del sito avremo sempre una via di fuga, anche se a un certo punto dovessimo ritrovarci lontane l'una dall'altra, eppure qualche volta mi chiedo se, contrariamente alle apparenze, non sia mia sorella a prendersi cura di me, ma il contrario.

Forse io mi sarei potuta sposare e condurre una vita normale.

O era l'opposto? Davvero non avrei potuto vivere senza mia sorella? O peggio: era possibile che nessuna delle due potesse farcela senza l'altra?

A furia di pensarci mi sentivo sopraffare dalla tristezza: era meglio distogliere la mente e attendere che accadesse qualcosa.

Domande come queste devono essere messe da parte, è la cosa migliore. Quando un giorno si ripresenteranno, ti ci fionderai senza indugi, come nel gioco della talpa, oppure le accoglierai con gentilezza, ma potrai deciderlo solo in quel momento. La vera sfida è non farselo sfuggire.

"Guri, stai piangendo nel sonno!"

Credo che non ci sia modo più odioso di svegliare una persona che sta sognando e mentre sogna piange.

Mia sorella mi scosse e io, ancora intontita, aprii gli occhi continuando a piangere. Il suo volto era vicinissimo. Mi ripetei che gli effetti dell'amore sono incredibili: nonostante tutto quello che si era bevuta, aveva la pelle liscia ed elastica...

"Stavo sognando il mio primo amore, sembrava tutto vero, da non crederci. Era da un sacco di tempo che non ci pensavo, non mi era mai capitato di ricordare un sogno così chiaramente. Non era un sogno triste, eppure mi è venuto da piangere."

"Evidentemente hai delle frustrazioni, oppure è un disturbo legato alla menopausa," rispose mia sorella con un'espressione seria.

"Non mi chiamo mica Donko! E poi è ancora presto per parlare di menopausa," replicai offesa, quindi mi alzai, strofinandomi gli occhi.

"Gli è forse successo qualcosa? Si direbbe che tu abbia uno strano presentimento, o no? Perché non provi a chiamarlo?"

"Non saprei proprio come."

"Ma scusa, è quel Matsudaira, no? Quello il cui padre è un famoso surfista. Basterà fare una ricerca su internet, lo troverai di sicuro."

"Dici?"

"Ma sì, Guri, sei sempre la solita, come hai fatto a non pensarci?"

Ci mettemmo a ridere tutte e due.

In verità, ci pensavo già da tempo.

Era il minimo. Al centro della casa, come un altarino, tenevo un hard disk con i controfiocchi e anche un altro hard disk esterno, oltre a un Mac con tanto di Time Capsule.

Anch'io facevo le mie ricerche quando per esempio non mi ricordavo il nome di un pittore, volevo trovare un ristorante o consultare le notizie locali.

Non si scherza con i quasi-*hikikomori*: intrattenevo con la rete una relazione ben più profonda di chi la usa solo per cercare ricette o lavorare.

Ma l'idea di rintracciare il nome suo o di suo padre non mi era mai passata per la mente.

Mia sorella parlava così perché era una persona molto pratica, ma io ci tenevo a covare le lacrime dentro di me.

Una singola ricerca avrebbe fatto evaporare all'istante

tutta quell'acqua. Preferivo lasciare che formasse un lago azzurro, goccia a goccia, godendomi l'attesa.

È sera tardi, e sto camminando per il quartiere.

Davanti alla stazione c'è una famosa pasticceria, all'interno si è formata una fila di gente che, contenta, aspetta di comprare qualcosina di dolce per poi rientrare. Al mercato del pesce abbassano i prezzi prima della chiusura e si diffonde, come una leggera foschia, l'impazienza di chi aspetta di tornare finalmente a casa. Alzo gli occhi, vedo le luci accese nei palazzi squadrati e bianchi. In ogni casa, in ogni singolo appartamento si percepisce la presenza degli esseri umani. Dietro qualche finestra in un quartiere come questo dev'esserci anche lui, quel ragazzo a cui ho voluto bene, impaziente come tutti che questa serata scivoli, pigra, nella notte. Mi auguro che stiano tutti bene e sento qualcosa depositarsi sul fondo del mio cuore. Qualcosa di trasparente, di delicato. Un tenue sfavillio che potrebbe spegnersi se mi mettessi alla ricerca della verità, ma che invece devo cercare di alimentare senza lasciarmi confondere, andando avanti a schiena dritta.

Devono ancora inventare una tecnologia capace di esprimere questi miei pensieri, ecco perché mi sforzo di comunicarli, almeno in parte, a mia sorella. Se non trovo il modo di organizzarli e riscriverli, svaniranno insieme a me il giorno che morirò. Qualche volta, però, mi dico che non potrebbe esserci cosa più bella.

Di tanto in tanto penso a tutti gli uomini straordinari che lasciano questo mondo senza scrivere libri, senza andare in tv, senza quasi mai raccontare le proprie idee ed esperienze. Mi immagino la loro interiorità come qualcosa di limpido, simile a un lago dalla superficie cristallina che, al momento della morte, li inghiotte serenamente, in armonia. La laboriosità delle loro vite è controbilanciata dalla quiete con cui il cielo li prende con sé. Le loro mani rugose e piene di graffi, le carni esauste e raggrinzite sfumano con grazia. Come una pianta che si secca conservando la propria bellezza, se ne vanno senza lasciare ombre.

A un certo punto me ne andrò anch'io, e vorrei che accadesse come un semplice passaggio dal mondo esterno al mio mondo interiore, ecco perché devo custodire dentro di me quell'acqua limpida. Poco alla volta, con amore.

"Di che ti preoccupi? Ormai sarà un tizio bislacco come tutti gli altri. Vederlo potrà solo tranquillizzarti. Ah, senti, prima ho mangiato il *samgyetang* avanzato. Forse mi è piaciuto più di quello che mi hanno dato ieri al ristorante."

Mia sorella fece un sorriso, poi riprese: "Il mio ragazzo mi ha detto che a Seul lo fanno molto meglio e si è offerto di portarmici. Che faccio, ci vado? E tu ci vuoi venire?".

"A Seul? E non vi darei fastidio?"

"Ma no. Ancora non me la sento di dormire nella stessa stanza con lui. Non c'è alcun problema," rispose mia sorella con un'espressione seria. "Oltretutto lui non è uno fissato con il sesso, quindi credo che gli farebbe piacere se venissi con noi. È bello che ci sia questo elemento platonico, non ti pare?"

Continuavo a non comprendere del tutto quale fosse l'idea di mia sorella in merito all'amore, ma sapevo che non era tipo da mentire in una situazione come quella.

"No, non mi va. Andateci da soli."

Volevo starmene tranquilla per un po', dopo magari ci sarei andata da sola. Oppure con mia sorella, che nel frattempo ci sarebbe andata varie volte e sarebbe diventata pratica del posto. Avremmo preso la metropolitana e fatto passeggiate. Conoscendo la città, avrebbe scovato i migliori saloni estetici e centri massaggio. Mi ricordai che dovevo rinnovare il passaporto, e il solo fatto di averci pensato mi rese felice.

"Stai pensando che ci verrai dopo che mi sarò impratichita e avrò scoperto i migliori ristoranti e saloni estetici, di' la verità."

"Come hai fatto a capirlo?"
"Te lo si legge in faccia."
"Sì, è un po' presto. È come dici, vai tu per prima, cerca di capire dove fanno il *samgyetang* migliore. Poi mi ci porterai. Come puoi immaginare, ritroverò anch'io la voglia di muovermi una volta che il clima sarà più mite."
"Ho capito, allora vado io in avanscoperta. Penso che partiremo prima della fine del mese."
Ciò detto si strinse forte la fascia sulla fronte, si sedette davanti al computer e cominciò a lavorare.

Guardandola da dietro, mentre lavorava, mia sorella mi richiamava alla memoria nostro padre. Quando sollevava leggermente le spalle era identica a lui. Le fattezze dei nostri genitori fanno ormai parte di noi e richiamano dolci ricordi.
L'appartamento di due stanze in cui abitavamo tutti e quattro insieme. La mamma e il papà amavano gli spazi verdi. Ci portavano sempre a fare picnic, anche al parco vicino casa, senza aspettare un'occasione particolare.
Ora mi rendo conto che all'epoca non avevano abbastanza soldi per portarci a pranzo o a cena fuori.
Erano poveri in canna eppure hanno messo al mondo due bambine: che incoscienti.
Ma erano sempre ottimisti, sembravano usciti da una fiaba o da un racconto popolare.
Credo sia questo il motivo per cui, ancora adesso, preferisco le persone semplici.
Restavamo a mangiare all'aperto anche quando faceva ormai piuttosto freddo. Nostro padre ripeteva spesso che *onigiri* e frittata hanno un sapore migliore quando li si mangia fuori casa. Sia col freddo che col caldo, quando li si mangia all'aperto sono semplicemente perfetti, diceva.
I thermos non funzionavano ancora bene come adesso, quindi le bevande non restavano calde molto a lungo, ma a

noi quel tè tiepido piaceva. Bevuto così, né caldo né freddo, mentre le temperature intorno a noi si abbassavano, aveva un sapore unico. In mezzo agli alberi, il suo aroma si mescolava a quello delle foglie. E della terra asciutta. E il suo gusto cresceva all'infinito.

Con la schiena appoggiata a quella di mia madre, guardavo il cielo attraverso i rami degli alberi.

Gli uccelli volavano a destra e a manca come timbri stampati sullo sfondo azzurro.

Il vento soffia anche lassù, pensavo.

Mia sorella non faceva altro che arrampicarsi sugli alberi mentre mio padre da terra si assicurava che non cadesse.

Quelle giornate uguali le une alle altre passavano così, senza che ce ne accorgessimo, e quando iniziava a fare scuro e freddo, mia madre si alzava e spazzava via la terra dalla gonna, segno che era ora di tornare a casa. La strada su cui ci incamminavamo, satolle e un poco infreddolite, ci sembrava la più scialba e insignificante delle strade di questo mondo. E pensare che adesso quella zona ha un valore enorme, si parla di milioni di dollari, chi l'avrebbe detto?

Sarebbe bello se ognuno di noi potesse, anche solo per pochi istanti, incontrarsi con il bambino che è stato.

Che effetto ci farebbe? Proveremmo invidia o malinconia? È come quando una persona è follemente innamorata: se nel momento di maggiore passione qualcuno ci dice: "Goditi questo momento perché prima o dopo arriveranno i giorni bui", a poco a poco ci convinceremo che, proprio per questo, dobbiamo concentrarci sul presente. Adesso sono felice, tanto felice che mi basta guardare fuori dalla finestra per sentire le lacrime, non ho bisogno di altro. Me ne sto chiusa in casa perché voglio assaporare fino in fondo questa felicità, non riesco a immaginare una condizione migliore.

Nonostante ciò, vorrei potermi incamminare almeno un'altra volta ancora, una soltanto, lungo quella strada buia di ritorno da un picnic con la mia famiglia.

Ho avuto bisogno di moltissimo tempo per riprendermi dalla morte dei miei genitori.

E lo stesso accadrà anche per superare quella del nonno. Ci sono persone, come mia sorella, che riescono a distrarsi lavorando come forsennate, io invece devo starmene tranquilla.

Un po' mi dispiace per lo zio medico e la moglie.

Quelle discussioni continue ci hanno fatto diventare come perfetti estranei.

Dopo che mia sorella andò via di casa, mi chiusi in me stessa, continuavo a pensare a lei, sembrava che fossi agli arresti domiciliari, e dopo la disperazione sono arrivati i guai ai reni, poi il caos dei fenomeni di *poltergeist*: neanche per loro devo essere stata un soggetto semplice.

Adesso forse riuscirei a mostrarmi più positiva e magari anche il loro atteggiamento nei miei confronti sarebbe diverso... Ci avevano accolto in casa con spirito caritatevole, nutrendo forse la speranza che avremmo contraccambiato quella gentilezza dando loro un genero, mentre noi abbiamo mandato in frantumi questo loro sogno e ce ne siamo andate sbattendo la porta, mettendoli in imbarazzo davanti al resto della famiglia e facendoli soffrire. Mi dispiace.

Coltivavamo valori diversi dai loro e sono certa che altre ragazze, al nostro posto, sarebbero state ben felici di essere adottate e date in sposa a qualcuno. Se non fossimo state le sorelle Donguri, ma due persone interessate al denaro e alla bella vita, le cose si sarebbero svolte in modo diverso.

Me ne sarei voluta andare, però, in maniera più pacifica, lasciando loro un buon ricordo di me.

Ma non ha senso rimuginare su qualcosa che ormai fa parte del passato.

Nella carta topografica di questa mia vita sgangherata, sono sempre in ritardo, per un motivo o per un altro.

Care sorelle Donguri,
è passato un anno dall'incidente che si è portato via mio marito.
Ci siamo incontrati a diciotto anni, è stato amore a prima vista per entrambi, niente e nessuno si è mai messo tra di noi, e la nostra vita insieme è stata sempre tranquilla. Non abbiamo avuto figli. Adesso i giorni passano e io non so che fare.
Qualsiasi cosa mi capiti davanti agli occhi, ovunque vada, i ricordi sono troppi e non faccio altro che piangere.
Vorrei avere qualcuno con cui parlare delle piccole cose di ogni giorno, ma non so con chi. Tutti mi compatiscono. Ma del resto credo che sia normale.
Resto in attesa di una vostra risposta,
Yasumi

Cara Yasumi,
i nostri genitori sono morti in un incidente.
Non si guarisce mai da dolori come questo.
È come convivere con una malattia incurabile: si deve andare avanti nonostante tutto. Quando abbiamo capito che adesso quella era la nostra vita, e il ricordo dei nostri genitori continuava a farne parte, abbiamo cominciato a sentirci meglio.
A poco a poco le piccole gioie quotidiane aumentano.
Scrivici ancora, raccontaci le tue giornate.
Le sorelle Donguri

Forse per via della mail che mia sorella aveva scritto a Yasumi, durante la notte feci un altro sogno.
Ero sola e mi trovavo in una stanza di quella che aveva tutta l'aria di essere la casa dei genitori di Mugi, ma non sapevo come ci ero arrivata.

Non mi era chiaro perché sapessi che quella era casa loro, semplicemente era così nel sogno.

Il resto della famiglia... Non capivo cosa stesse succedendo, ma per qualche ragione sapevo che erano tutti in ospedale. Quella mattina Mugi era morto. Mi sentivo gonfia, come quando non si è dormito a sufficienza, e avevo i tendini indolenziti. Un'atmosfera pesante, di grande dolore, invadeva le stanze della casa.

L'appartamento si trovava al quinto o sesto piano, la finestra dava sui tetti di altri edifici. Da casa di Mugi in lontananza si intravedeva il mare. Il lucchichio dell'acqua filtrava in mezzo ai palazzi e alle montagne. Come immaginavo, si trovava vicino al mare. Oltre quei palazzi e i condomini anonimi si scorgevano i bagliori delle onde.

La stanza in cui mi trovavo era arredata in stile tradizionale e ospitava un altarino.

Si sentiva l'odore del *tatami* e l'aria era satura della luce pomeridiana.

Accesi un bastoncino d'incenso e giunsi le mani per pregare.

Su una mensola lì accanto c'erano varie fotografie. Quasi tutte ritraevano Mugi da bambino con la sua famiglia. Essendo figlio unico, era molto amato. I genitori, la nonna e il nonno, scatti in bianco e nero di Mugi che gioca al mare. Risalivano a prima che lo conoscessi, ma mi erano familiari. Lo spazio tra gli incisivi quando sorrideva. Il viso buono, con gli occhi leggermente distanziati fra loro.

Non c'erano fotografie degli anni delle elementari, delle medie e del liceo, ma ce n'era una scattata il giorno del matrimonio, insieme alla sua nuova famiglia. La moglie era graziosa, lui, ormai adulto, le stava accanto con il volto tirato per l'emozione. Le due famiglie erano schierate ai lati, nel giardino di un hotel affacciato sul mare. Ero contenta. Non mi faceva soffrire.

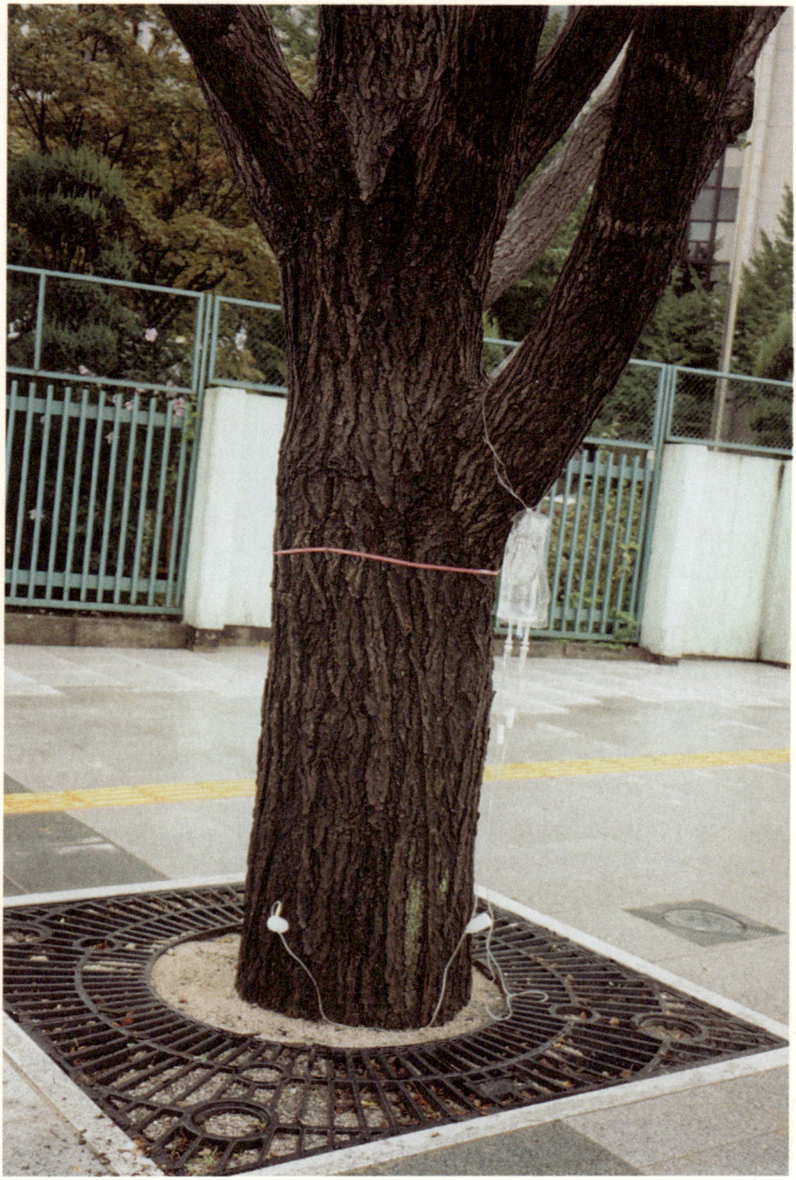

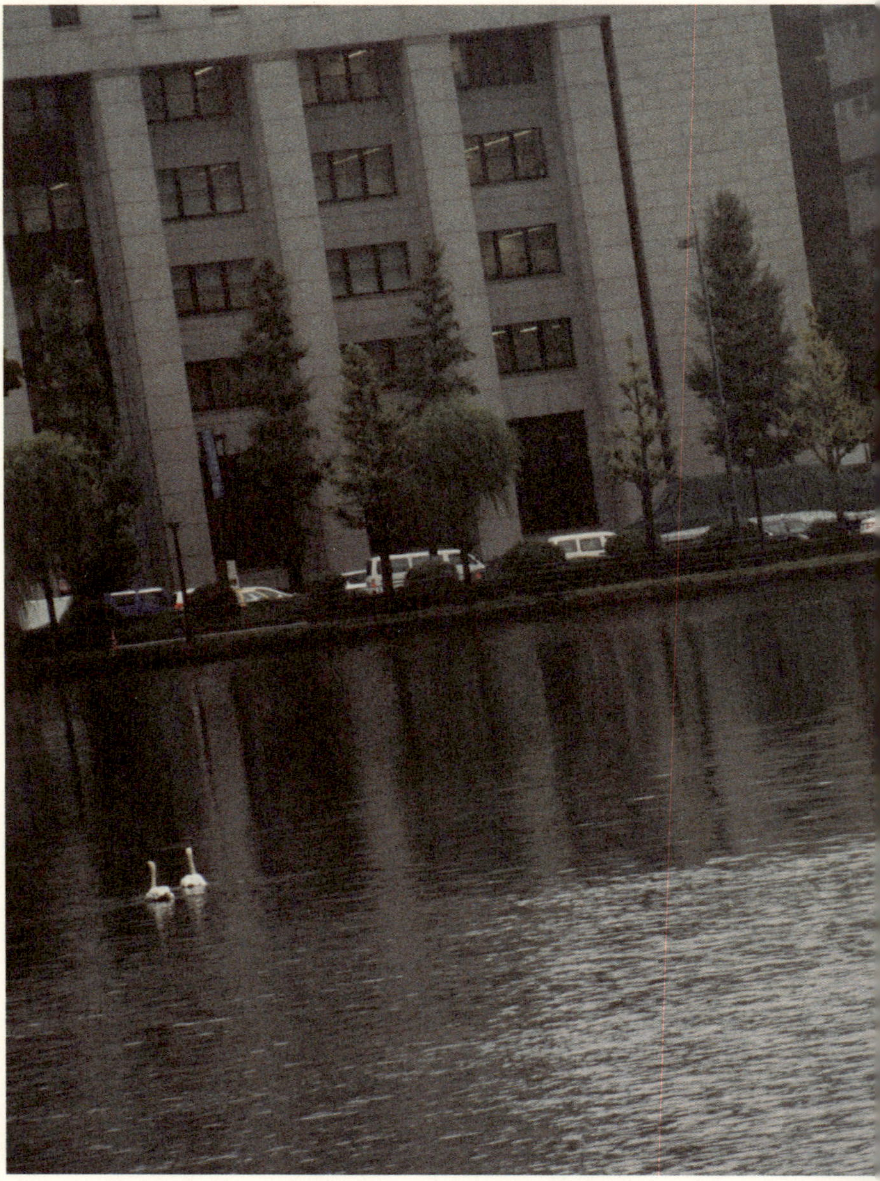

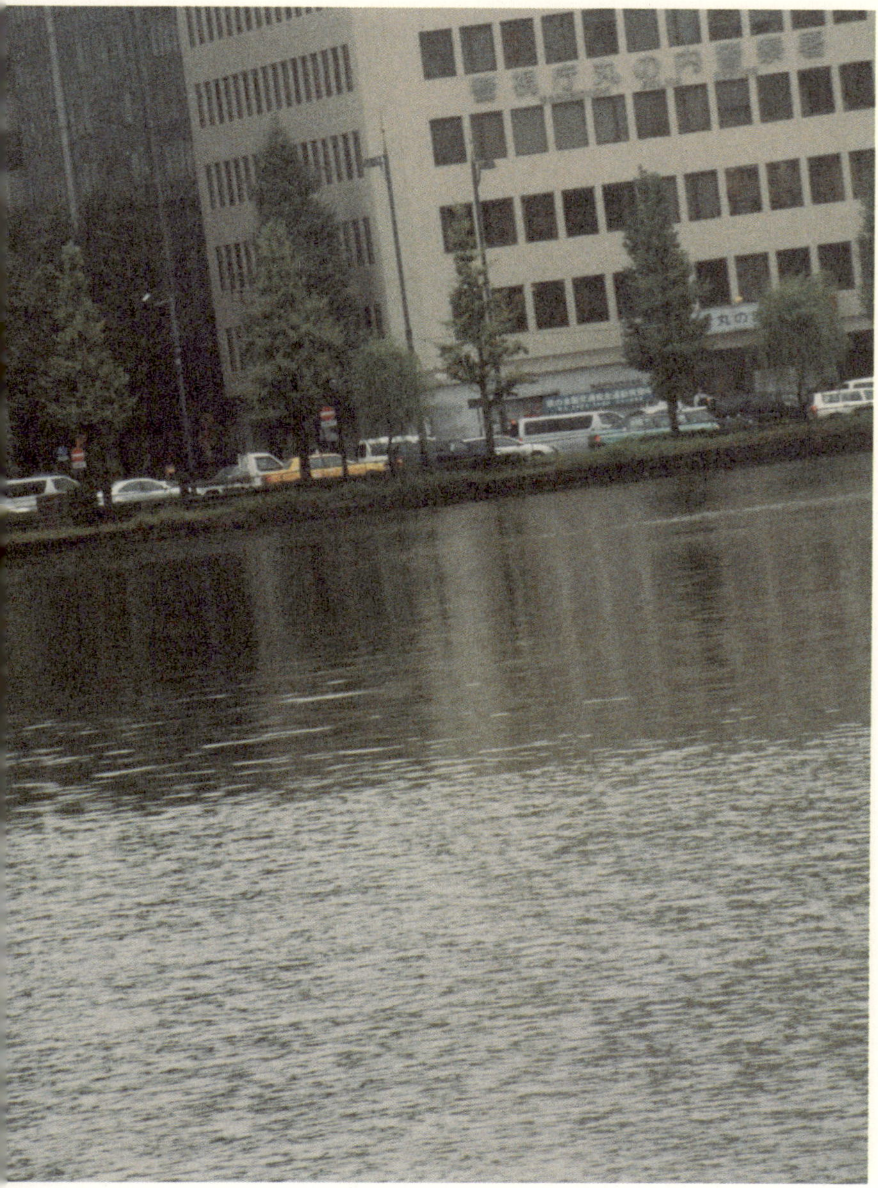

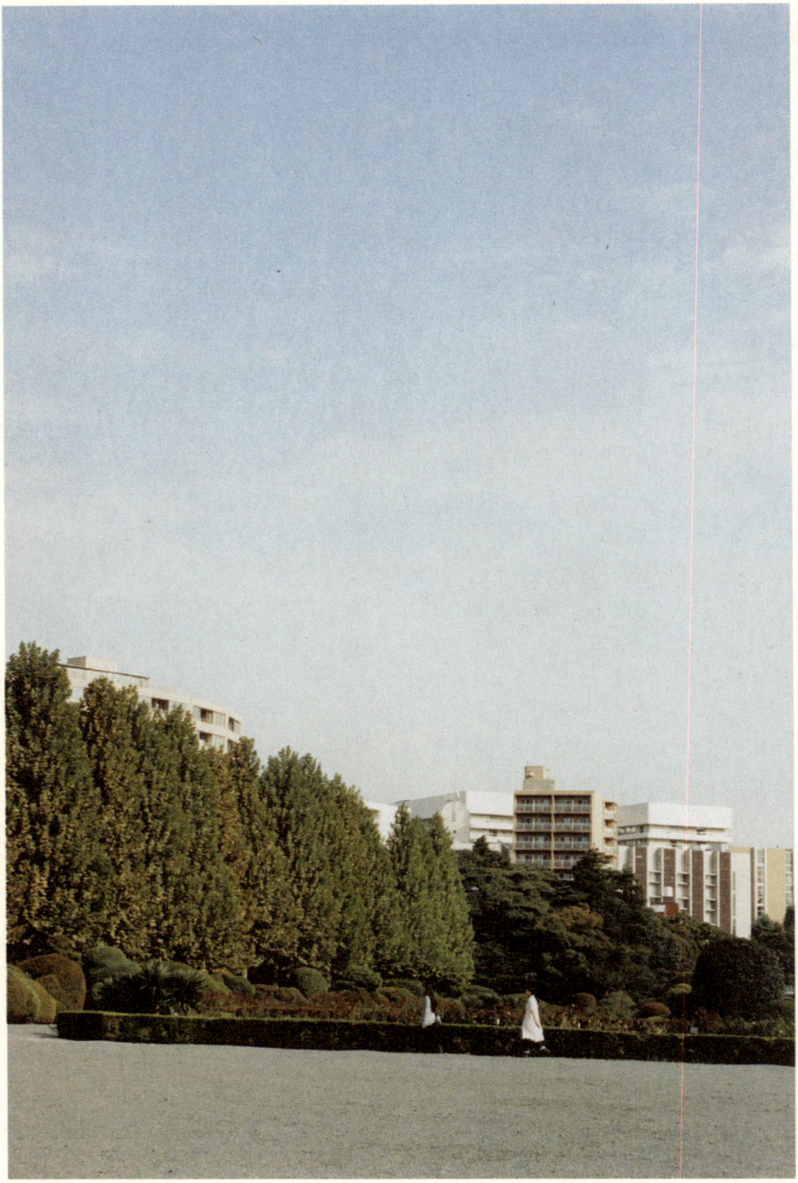

Della sua vita mi ero persa soltanto l'età adulta. Cercai fotografie dei figli ma non ne trovai, il che forse voleva dire che non ne aveva avuti.

Ebbi la conferma che il tempo trascorso insieme si era arrestato a quel giorno e mi sentii un po' triste. Indubbiamente c'erano cose più importanti a cui pensare, ma quello era un sogno e io rimasi lì, sospesa a contemplare il mio stato d'animo altalenante, incapace di affrontare la realtà.

D'un tratto sentii aprirsi una pesante porta di ferro: la madre di Mugi era tornata a casa. I capelli schiariti dal sole, le spalle muscolose. Mi dissi che forse anche lei andava spesso a nuotare.

Vedendola vestita a lutto, pensai che quindi Mugi era morto per davvero. Essendo morto solo quella mattina, non era possibile che la madre fosse già vestita di tutto punto per la cerimonia funebre, ma era un sogno e non mi parve strano.

Vidi brillare i bordi del *tatami* e provai una forte malinconia. Non aprii bocca. Non sapevo perché mi trovassi lì. Lei mi vide ma non ne fu sorpresa.

"Vuoi prendere un ricordo di Mugi-*kun*?"

Portava gli occhiali e aveva un'aria intelligente, era una bella donna con la vita sottile che la faceva somigliare a una nocciolina americana.

"Vorrei uno dei suoi vecchi vestiti, ma non si preoccupi: non mi metterò ad annusarlo come un cane. E poi, se possibile, anche una fotografia di quando era bambino, una di quelle esposte lì. Finché vivo non dimenticherò mai Mugi-*kun*. Gli vorrò sempre bene."

Non so perché avessi chiesto proprio quelle cose, però le desideravo con tutta me stessa, sentivo di non poter farne a meno. L'intensità di quel desiderio mi stupì. Mentre parlavo piangevo, sembrava che la stessi supplicando.

"Va bene, aspetta solo un momento."

La madre di Mugi aveva gli occhi spenti, non accennò il

minimo sorriso, la sua aria era assente. Mi voltò le spalle e aprì il cassetto di una vecchia credenza. Sentii un odore di panni smessi.

Possedere quegli oggetti non mi avrebbe restituito Mugi-*kun*, eppure in quel momento non desideravo altro e non avrei saputo spiegare il perché.

A quel punto aprii gli occhi.

Piangevo ancora, ero sbigottita.

È una storia che non mi piace, e se Mugi-*kun* fosse morto per davvero? Questo pensiero mi fece correre al computer per fare una ricerca. Trovai diversi trafiletti che parlavano dei viaggi del padre tra le Hawaii e il Giappone e dei suoi corsi di sport acquatici per bambini, ma non aveva un blog, mentre il nome di Mugi-*kun* non usciva da nessuna parte, né potei trovare dettagli sulla sua situazione attuale. Volevo evitare di fare una ricerca più approfondita, magari usando la parola "morte", anche perché se davvero fosse morto non era in quel modo che volevo venire a saperlo.

Allo stesso tempo, però, avevo il presentimento che l'avrei sognato ancora. Intorno a me non vedevo che segnali in tal senso. Perché mia sorella si era innamorata proprio allora, e perché io mi ero messa a fare quei sogni? Sentivo che lo scambio di messaggi con quella Yasumi mi aveva colpito più del solito. Perché, fra tutte le mail che ricevevamo ogni giorno, quella aveva attirato così tanto la mia attenzione? Doveva esserci qualcosa sotto.

Scrissi una mail all'unica compagna di scuola con cui ero rimasta in contatto.

Era una ragazza seria e gentile, una persona semplice. A quei tempi mi accompagnò anche in ospedale, qualche volta. Mentre mi facevano la flebo aspettava seduta accanto a me. Quando mi addormentavo si appisolava anche lei, e mentre dormiva aveva un'espressione graziosa che non potrò mai dimenticare.

Le scrissi, senza girarci troppo intorno: "Ho fatto un brutto sogno che riguarda il nostro compagno di classe Matsudaira Mugi. Per caso hai sue notizie?".

Dopo qualche giorno ricevemmo una nuova mail da Yasumi, quella a cui era morto il marito.
Il contenuto mi suonò stranamente familiare.

Care sorelle Donguri,
sono di nuovo io.
I miei genitori sono ancora in salute, quindi sono tornata a casa loro perché non riuscivo a stare nell'appartamento in cui vivevo con lui.
In fondo alla strada di fronte a casa nostra c'è il mare che lui amava tanto. Ho deciso di allontanarmi perché nei negozi che frequentavamo insieme, nei viottoli che abbiamo percorso in lacrime quando ho abortito, ovunque andassi, nei dintorni della casa in cui abitavamo, mi sentivo perseguitata dal nostro passato. Ogni tanto ci ritorno per piangere. Piango a dirotto in quella casa vuota e quando ho finito mi sembra di aver trovato il coraggio per andare avanti.
I miei genitori hanno detto che posso restare quanto voglio, anche per sempre.
Ma in quel caso dovrei sistemare tutto nel vecchio appartamento e non me la sento, non sono ancora riuscita a prendere una decisione.
Poco fa ho visto mio padre in giardino mentre si esercitava con la mazza da golf, e per la prima volta mi sono sentita fortunata. Ho pensato che voi, così come tante altre persone, avete perso i vostri genitori. A quel punto, nell'abisso in cui credevo che fosse sprofondato il mio cuore mi è sembrato di scorgere un bagliore. Non significa che mi consoli l'idea di stare meglio di qualcun altro,

ma solo che mio padre c'è ancora, si esercita a colpire la palla, proprio come quando andavo alle medie. Sul praticello del nostro giardino. Mio padre è vivo, in mezzo ai fiori che mia madre coltiva con cura, e a pensarci bene un po' mi vergogno.
Sono così viziata che la presenza dei miei genitori mi pare un fatto scontato, me la prendevo con gli dèi e li accusavo di avermi strappato via mio marito. A questo mondo, però, ci sono persone a cui vengono tolti gli affetti più cari, persone che rimangono da sole, o a cui sembra non mancare nulla, e invece sono preda di profonde inquietudini. Ripeto, non lo dico con l'intenzione di paragonare la mia situazione a quella di qualcun altro.
Dèi del cielo, perdonatemi: mi sento ancora triste, infelice, ma mio padre e mia madre sono qui con me. Ceneremo insieme anche questa sera. Aiuterò la mamma a preparare il boršč, che a lui piaceva tanto. Al solo pensiero il cielo mi sembra un po' più azzurro ed è come se volesse risucchiarmi.
Grazie,

Yasumi

Aggiunsi i dati di Yasumi all'elenco dicendomi che per qualche tempo da lei non avremmo ricevuto altri messaggi.

Dentro di me, l'immagine di Yasumi coincideva esattamente con quella della moglie di Mugi.

Non credevo che fossero la stessa persona, ma le loro immagini erano identiche l'una all'altra e me le sentivo vicine, una da una parte e una dall'altra.

Caso strano, o forse del tutto naturale, la risposta della mia compagna di scuola arrivò proprio in quel momento, con un tempismo perfetto.

Quando la lessi, mi sembrò di averla letta già mille volte prima di allora.

Cara Guri,
è molto che non ci sentiamo, sono stata contenta di ricevere una tua mail.
Matsudaira Mugi sei mesi fa ha avuto un incidente in moto ed è morto. Per via del lavoro del padre, quando frequentava il liceo ha lasciato la loro casa di qui per trasferirsi nella zona dello Shōnan.
Dopo essersi sposato pare che lui e la moglie siano andati ad abitare nei pressi del porto turistico di Zushi. A quanto dicono, l'incidente è avvenuto proprio vicino a casa. Non avevano figli. È un vero peccato.
Scusa se non ti ho detto niente, ma io stessa l'ho saputo da poco e, non so perché, ma non me la sono sentita di avvisarti. Tu e Matsudaira-*kun* eravate molto amici, ho pensato che magari sarebbe stato meglio se non l'avessi mai saputo, ti prego di perdonarmi.
Ci promettiamo sempre di fare una rimpatriata anche con tutti gli altri, e forse questo è l'anno in cui dovremmo farla per davvero. La organizzo io, mi faccio sentire appena posso.

                Miyuki

Proprio come immaginavo.
Non piansi.
Ma il pensiero che, ormai, sarei sempre stata il suo primo amore e che non avrei più potuto muovere un solo passo oltre i confini di quella condizione mi faceva sentire come se una parte di me fosse morta insieme a lui.
Era vero, avrei preferito non saperlo, ma lo spazio in cui vivamo è tutto interconnesso, e dopo tutti quei segnali era arrivata anche la notizia. Però dirlo a Miyuki non sarebbe servito a niente. Le risposi soltanto: "Che cosa triste, ma è meglio che l'abbia saputo. Grazie. Ci vedremo alla rimpatriata, allora".

Così come la rete, anche il mondo è pieno di segnali, e alla risposta da me cercata si arrivava seguendo l'unica freccia che c'era. Ci avevo girato intorno, negli ultimi sei mesi avevo inconsapevolmente vestito i panni di un lutto silenzioso, poi l'innamoramento di mia sorella aveva portato una ventata di freschezza, quindi la mail di Yasumi mi aveva colpito senza che riuscissi a coglierne le ragioni, e alla fine avevo sognato Mugi.

Nella confusione del mondo, Mugi mi era passato davanti perché potessi afferrarlo con la stessa prontezza con cui il ricevitore afferra la palla da baseball. Né era stata casuale la sovrapposizione dell'immagine di Yasumi con quella della moglie di Mugi. Sono cose che forse non è possibile distinguere nel mare dell'inconscio in cui siamo immersi, in questo mondo in cui ogni elemento porta un nome fittizio. Informazioni dai significati simili affiorano in superficie e si lasciano afferrare perché possiamo comprendere la verità.

Una persona muore e fa un cerchio sull'acqua che si allarga a includere chi gli sta intorno. Ciascuno di noi occupa una porzione di spazio in questo mare enorme che è la somma di tutte le nostre anime, ed è uno spazio uguale per tutti.

Ciononostante, il colore della sofferenza è diverso per ognuno di noi.

Chiusi gli occhi e la luce che entrava dalla finestra si fece arancione dietro le palpebre. La vita è tutta qui, eppure è straordinaria.

Mugi-*kun* non c'era più. La sua carne non era più su questa terra. Altre certezze non ne avevo.

Se nelle nostre vite successive fossimo nati ancora una volta sotto forma di esseri umani, sarei potuta andare al mare insieme a lui.

Provare seriamente a fare surf, prendere il sole con lui.

Saremmo nati in una città vicino al mare, mi sarei esposta

anch'io al sole fino a farmi nera nera, avremmo vissuto divertendoci.

Ero frastornata al semplice pensiero che ciò sarebbe anche potuto accadere. All'epoca non mi era mai passato per la testa. Allora non credevo che sarei potuta essere una persona diversa, ero estremamente limitata. E proprio perché ero così, il tempo che mi fu dato di trascorrere insieme a lui mi sembrava qualcosa di straordinario.

Ampliare il campo delle possibilità, in fondo, è come escluderne alcune: ciò che siamo viene assorbito nel processo e tutto si mescola. Senza confini né territori da difendere. Nient'altro che noi.

Sapevo che la vera causa di quel momento di sconforto e di introspezione era stata la notizia della scomparsa di Mugi, e se da un lato provavo dolore, dall'altro mi sentivo come liberata da un peso. Decisi così di iniziare la mia riabilitazione.

Avevo bisogno di fare qualcosa.

Cominciai con l'accompagnare all'aeroporto di Haneda mia sorella e il suo ragazzo che partivano per la Corea. Dopo averli salutati sarei passata dal terminal dei voli nazionali, avrei comprato dei dolcetti e magari anche mangiato del curry.

Era la prima volta che incontravo questo nuovo fidanzato di mia sorella. Come prevedevo, aveva il volto squadrato. Questo aspetto sembrava estendersi anche al suo modo di parlare, piuttosto formale, però aveva occhi grandi e vivaci che lo facevano somigliare a un cucciolo, e in verità era piuttosto taciturno, sembrava un tipo abbastanza serio. Indossava una giacca impermeabile di una marca di abbigliamento outdoor – perfetta per il tempo libero – e portava uno zaino sulle spalle. Lo si sarebbe detto in partenza per un'arrampicata in montagna.

Non mi dava affatto l'idea di una persona asociale, perché quando parlava la sua voce era forte e chiara e diceva cose interessanti, era disinvolto nel rivolgersi a mia sorella e tra loro non percepivo tensioni di sorta, anzi, sembravano genuinamente contenti. Aveva mille accortezze anche nei miei confronti, e il viaggio verso l'aeroporto fu piacevole e divertente.

Il terminal dei voli internazionali era piccolo e non c'era granché da fare, quindi decidemmo di parcheggiare l'auto, prendere la navetta per raggiungere quello dei voli domestici e bere qualcosa da Starbucks.

Mentre mia sorella era in bagno, mi disse con un tono calmo: "Spero che andremo d'accordo".

"Sì, lo spero anch'io."

Ovunque in aeroporto si sentiva il brusio tipico delle partenze, con tanti suoni e odori differenti.

Ero tranquilla, tenevo il mio bicchiere caldo tra le mani e guardavo distrattamente le persone che mi passavano davanti.

"Per me quella con Donko è una storia seria. Mi piace ogni giorno di più."

"Ne sono felice. Mia sorella non è per niente un tipo facile."

"Ho la sensazione costante che stia per scapparmi via."

"Ti capisco. Anche per me è sempre stato così."

Mi misi a ridere, ma poi mi resi conto che dicevo la verità. Era proprio così. Era così da quella famosa sera. Quando dal balcone della mia stanza l'avevo vista andar via sotto la neve e dentro di me non riuscivo a smettere di piangere.

I ricordi erano così vividi che mi parve di sentire l'odore della neve.

"Sono sollevato ora che ho avuto l'occasione di dirti che i miei sentimenti per lei sono sinceri, Guriko." Fece un sorriso. Sentii che si era alzato il vento. Quando un uomo si innamora di una donna, l'aria comincia a circolare in un modo inconfondibile. C'era un vortice dentro di lui. Mia sorella viveva nutrendosi di quell'energia.

Sentire quella passione proprio lì, accanto a me, mi fece stare bene.

Ti capisco, anch'io provo da sempre un sentimento non ricambiato per mia sorella, gli sussurrai, e lui fece un leggero cenno di assenso.

Li accompagnai fino alla navetta che li avrebbe riportati al terminal dei voli internazionali, quindi comprai i miei dolcetti e mangiai il mio curry.

E se fossi salita su un aereo per andarmene da qualche parte? Okinawa, Kōchi, Kumamoto... Dopo aver fantasticato per un po', ebbi un'idea.

Ma sì, sarei andata a Zushi a pregare per la rinascita di Mugi-*kun*. Prima dovevo fermarmi a comprare dei fiori. Non avevo altri punti di riferimento salvo il porto turistico di Zushi, ma era sufficiente.

Io e Mugi-*kun* sapevamo di volerci bene, eppure non ci siamo mai presi per mano né ci siamo mai decisi ad andare al mare insieme, ma una volta soltanto, chissà come, ci siamo baciati.

Ancora adesso mi capita di domandarmi se si sia trattato di un sogno, invece è successo per davvero.

Ci incontrammo casualmente per strada quando mancava poco alla consegna dei diplomi, camminammo insieme chiacchierando, quindi ci salutammo con un bacio.

Ci volle grande coraggio. Eravamo sulla banchina della stazione. Lui disse che avrebbe incontrato degli amici per andare in un negozio di Kamakura che vendeva attrezzatura da surf, mentre io stavo tornando a casa, ma prima volevo passare da una grande libreria che si trovava davanti alla stazione del quartiere vicino.

Non credo dipendesse dal fatto che di lì a poco, con la fine della scuola, non ci saremmo visti più. Furono i nostri corpi a prendere l'iniziativa, e ci baciammo. Poi arrivò il treno e ci salutammo sventolando la mano come se niente fosse, ma io salii tutta rossa, pensando: Che diavolo ho combinato? Mugi, in piedi sulla banchina, ai miei occhi era quanto di più bello ci fosse al mondo, e mi guardava come si guardano gli affetti più cari.

Non ci fu nient'altro fra di noi, allora perché stavo così male? Sono certa che stesse male anche lui. Forse fu un puro e semplice problema di età. Eravamo ancora acerbi, i nostri corpi si cercavano disperatamente senza trovarsi, il desiderio e la purezza dei nostri sentimenti si mescolarono con uno strano tepore, amalgamandosi al mondo intorno a noi.

Quando scesi alla stazione di Zushi, il calore estivo dei raggi del sole mi fece dimenticare momentaneamente il freddo.

Chissà quante volte, nella sua vita, Mugi-*kun* era sceso a quella stazione. Un numero infinito, probabilmente.

Forse aspettava che la madre o il padre andassero a prenderlo in macchina. E magari da adulto era lui ad andare incontro ai genitori o alla moglie. Davanti a quella stazione.

Il pensiero fu sufficiente a farmi piangere. L'intera città somigliava a Mugi-*kun*.

Proprio così: non era solo internet, anche il mondo reale era tutto collegato, era un tutt'uno. L'immagine di Yasumi, che ci aveva scritto per chiederci un consiglio, si era mescolata a quella della moglie di Mugi, così come l'immagine di Mugi faceva ormai parte del paesaggio della città. Anche se credevo di essere io a tenere le fila di quella commistione di immagini, in realtà non era così. Era una forza molto più profonda e irresistibile.

Immersa in questi pensieri, mi avviai verso il mare cercando conforto nel mazzo di fiori che stringevo fra le mani.

Non ero vestita a lutto, ma mi sentivo come se lo fossi.

A Zushi c'è un fiume, e il paesaggio fluviale mi sembrò eclissare quello marino.

A dire il vero, ci ero venuta spesso. Ci ero venuta in macchina con un ragazzo che frequentavo nel periodo in cui accudivo il nonno, e anche in treno, insieme a mia sorella, per comprare sardine essiccate e *sashimi* in un negozio rinomato che si trova proprio di fronte alla stazione e organizzare un piccolo banchetto in riva al mare. Avevamo guardato l'oceano mangiando *sashimi* e ubriacandoci di sakè, poi avevamo arrostito le sardine su un fornelletto che serviva anche a preparare il caffè, e forse a un certo punto si erano uniti anche dei tipi che volevano provarci con noi, non ricordo più tanto bene.

Anche se era passato tanto tempo, ogni volta che venivo a Zushi mi capitava di pensare a Mugi-*kun*.

Chissà dov'era andato a finire il sentimento immenso nato dallo smisurato slancio vitale che animava me e Mugi in quella fase della nostra vita. Nel mare, nei monti, nell'aria... si era unito agli elementi più diversi ed era entrato in circolo, forse.

Sul bagnasciuga faceva freddo, si vedevano soltanto poche persone che portavano a passeggio i cani, ma la luce che si riversava su quelle sagome umane e canine conferiva loro un aspetto quasi divino, come se appartenessero a un altro mondo.

Mi fermai sulla riva, giunsi le mani e restai per un poco a guardare il mare. Attraversato da bagliori freddi, assecondava il profilo delle montagne. La sabbia era gelida. La terra, ansimante, attendeva l'arrivo dell'estate.

Avevo la sensazione che senza fiori non ce l'avrei fatta, ormai quel mazzolino era diventato come una stampella che mi aiutava a stare in piedi, e una volta arrivata fin laggiù non mi sarei accontentata di lasciarlo in riva al mare.

Non avevo la più pallida idea di dove si fosse verificato

l'incidente di Mugi, quindi presi un taxi e mi feci portare al molo turistico.

Dopo un dedalo di curve in discesa arrivammo al porto, e a quel punto mi sentivo demoralizzata, camminavo in una strada fiancheggiata da palme che davano al paesaggio un'aria surreale, poi giunsi in prossimità di un campo da tennis. Il suono asciutto della palla colpita dalla racchetta riecheggiava nel paesaggio deserto del porto turistico di Zushi. Sui due lati della strada si innalzavano edifici dalle forme più diverse. Molti appartamenti, usati per le vacanze, erano immersi nel silenzio.

Il profumo del mio mazzo di fiori si armonizzava alla perfezione con l'azzurro quasi irreale del cielo, mi sentivo frastornata. Il dolore che avevo provato fino a quel momento si era esaurito. Avevo persino dimenticato che stavo cercando un luogo dove posare i fiori e continuavo a camminare senza meta. In verità avevo pensato di ripetere il percorso di Mugi-*kun* in direzione di Kamakura, attraverso la statale e poi la galleria per arrivare infine al mare, ma cambiai idea e tornai indietro. Decisi che avrei comprato del pesce al porticciolo di Kotsubo e mi sarei fermata a guardare le barche dei pescatori.

Una caratteristica comune a tutte le città di mare è che a mano a mano che ci si avvicina al porto il paesaggio si fa disordinato, e io avevo un desiderio fortissimo di vedere quel tipo di paesaggio.

Vidi arrivare una donna in lontananza. Mi sembrava stesse dirigendosi verso il posteggio delle auto. Erano le prime ore del pomeriggio, e non c'era quasi nessuno eccetto operai e impiegati del porto di Zushi; il fischio gelido del vento tagliava la strada per tutta la sua lunghezza.

Ero abbastanza sicura di avere già visto da qualche parte quella donna di mezza età, prossima ormai a diventare anziana. Qualcosa però non tornava: l'avevo vista di recente, ma era più giovane, forse era un personaggio famoso. Mi sforzai di ricordare.

Quando finalmente capii, un brivido mi immobilizzò.

Quella donna era la madre di Mugi, incontrata in sogno ma mai nella realtà, non c'era alcun dubbio.

Non so neanch'io dove ho trovato il coraggio per prendere una simile iniziativa. Mi rivolsi a lei senza la minima esitazione.

"Lei... lei è la madre di Mugi-*kun*, non è vero?"

Lo dissi con un tono pessimo, ero frastornata, rossa in viso per l'imbarazzo, con una voce stridula.

Lei mi fissò. Aveva un'aria triste. Ma scorsi anche un'ombra di contentezza.

Suo figlio era morto da poco e avrebbe voluto dimenticarlo, avrebbe voluto che nessuno glielo ricordasse, ma proprio perché era vissuto, ne era orgogliosa, provava un sentimento indelebile.

Il suo sguardo, dietro alle lenti scure degli occhiali, lasciava trasparire perfettamente questi stati d'animo. Proprio mentre mi convincevo di averla riconosciuta, sentii soffiare forte il vento e lei annuì.

"Sì, sono io. E tu?"

Quello non era un sogno e non era nemmeno internet: eravamo in mezzo a una strada fiancheggiata da palme e sferzata dal vento, non c'erano dubbi, eppure a me sembrava ancora di stare sognando.

"Ecco, io... Mi chiamo Yoshizaki. Andavo a scuola con Mugi-*kun*. Mi è stato molto, molto vicino... Ho appreso di recente che è venuto a mancare..."

Così dicendo le porsi i fiori. Avevo fatto bene a non lasciarli sulla spiaggia, anzi, adesso sapevo che se non lo avevo fatto era proprio perché speravo di poterglieli consegnare.

"Potrebbe offrirli a Mugi-*kun* da parte mia? Li ho portati fino a qui senza sapere dove disporli."

Rispose: "Grazie. Li metterò sull'altarino che abbiamo in casa". Quindi accettò i fiori che le porgevo. Poi accennò un sorriso e aggiunse: "Mi piacerebbe invitarla da noi, ma non ci siamo ancora ripresi e la casa è tutta in disordine. La ringrazio".

Forse in uno di quegli appartamenti che si trovavano sulla collina c'era una stanza in stile tradizionale con dentro un altarino buddhista.

"Non lo dica neanche. Già solo averle potuto consegnare questi fiori mi sembra un miracolo. Grazie."

Nel sogno mi ero intrufolata in casa loro come se niente fosse, tra le lacrime mi ero fatta dare vecchi indumenti e fotografie, e invece nella realtà ero riuscita a balbettare quelle parole come una bambina, avevo abbassato il capo e detto addio, forse per sempre, non soltanto a Mugi-*kun* ma anche a sua madre.

Mi voltai e vidi che adesso era lei a camminare quasi aggrappandosi a quel mazzo di fiori.

Ma era tutto vero? Ciò che avevo appena vissuto mi era capitato veramente?

Ammutolita, mi recai al banco di un pescivendolo e comprai tentacoli di polpo e frutti di mare. Era successo per davvero? Il mio non era stato solo un abbaglio provocato da tutta quella luce? Dov'erano finiti i miei fiori?

Ma ero contenta così, su questo non avevo dubbi. Tutto era andato come doveva andare. Mi erano giunti dei segnali che ero riuscita a trattenere.

Di fronte al molo di quella città così cara a Mugi stazionavano tante piccole imbarcazioni. Il pescivendolo, con i suoi modi bruschi, piazzava abilmente il pescato del giorno, i gesti raccontavano la stanchezza di ore di lavoro. Era tutto lì, davanti ai miei occhi, non dovevo fare nulla.

Cara sorellina Donguri,
cara la mia Guri-*chan*, ti scrivo dalla Corea. Sai che c'è? Che il mio attuale ragazzo è una persona speciale, e anche se passiamo tanto tempo insieme non mi annoio mai. Anche quando siamo nella stessa stanza, non andiamo oltre il bacio della buonanotte.
Che sia gay? Me lo sono chiesta seriamente, ma a giudicare dal modo in cui, durante la giornata, il suo sguardo cade sulle mie gambe e sul seno, anche se fa finta di niente, si capisce benissimo che non lo è.
Nonostante la notte prima della partenza non avesse dormito, subito dopo il nostro arrivo in aeroporto mi ha voluto portare in giro, dal momento che era la mia prima volta in Corea, e così abbiamo fatto il check-in e poi siamo andati da Pro Ganjang Gejang dove abbiamo mangiato granchi marinati in salsa di soia a volontà. Il locale era tutt'altro che appariscente, anzi, sembrava più la mensa di una casa per funerali, ma i granchi erano squisiti. E poi il *kimchi*: io stessa non posso credere a quanto ne sia riuscita a mangiare. Nei ristoranti coreani servono un sacco di piattini con dentro vari contorni, e non sono solo uno più squisito dell'altro, ma anche così numerosi che bastano a farti sentire sazia.
È il nostro primo viaggio insieme e non ho idea di quali saranno gli sviluppi di qui a poco, ma mi sento a mio agio, anche con la famiglia, e quando lo guardo sorridere, con quel volto squadrato, è come se finissi al tappeto. È una forma di attaccamento alla figura paterna che mi fa sentire attratta dai volti squadrati, non lo pensi anche tu? Nostro padre ce l'aveva così.
Tendo a pensare che gli uomini con il volto squadrato saranno tutti dei buoni padri di famiglia. Anche se poi io non riuscirei mai a sposarmi, in fondo la mia missione sono le sorelle Donguri.

Che forza che sono, me lo dico da sola.
Un giorno sposerà una ragazza dalla personalità più docile della mia, ne sono sicura. Sarà triste, ma non posso farci niente.
Dopo tanto tempo, però, desidero stare con qualcuno il più a lungo possibile. Anche solo un minuto, anche solo un secondo di più.
Il motivo per cui, pur non essendo molto bella, non sono mai a corto di fidanzati è, credo, che sono consapevole del fatto che l'amore ha una durata limitata. Mi innamoro di una cosa per volta e ciò conferisce ai miei atteggiamenti una sorta di strano dinamismo, e alla mia persona una bizzarra sensualità. Le donne amano guardando sempre al futuro, e questo inibisce lo sbocciare dei sentimenti negli uomini.
Kimchi di verza, *mul kimchi*, *namul*, e poi *sashimi* di seppie marinate: mi spiega per filo e per segno la preparazione di tutti i piatti, lo fa aiutandosi con le mani e il resto del corpo, e intanto lo guardo e mi dico che uomini come lui in Giappone non ce ne sono, che finalmente capisco perché tutte impazziscano per gli sceneggiati coreani.
Lui è il mio Bae Yong-joon, il mio Won Bin.
E io allora potrei essere Choi Ji-woo, in fondo le somiglio (ahahah).
Ci teniamo per mano, teneramente, e camminiamo in queste sere d'inverno.
In Corea, nelle strade di sera si sente ancora la sera. È scuro, e l'aria è gelida, come se fosse satura di particelle di ghiaccio. Il respiro delle persone è bianco, e quando sono allegri i loro volti lo trasmettono, quando sono arrabbiati invece trasmettono rabbia. I buoni hanno l'aria buona, i cattivi hanno l'aria maliziosa.
Hanno tutti l'esuberanza di chi sa di essere vivo, l'energia che sprigionano è visibile a occhio nudo. Ovunque c'è

confusione, vivacità, la gente non si trascina per le strade come da noi in Giappone. Certo che è proprio bello viaggiare. Ci apre gli occhi su tutto ciò che ci portiamo dentro. Ti ci vorrei portare quaggiù, Guri-*chan*.
Non riesco ancora a credere che finalmente noi due possiamo viaggiare insieme quanto ci pare...
Ma come hai detto anche tu, c'è ancora qualcosa che ci trattiene dal muoverci insieme, lo so.
Avrei ancora tanto da raccontarti, ma lo farò nella prossima mail.
Le stanze del mio hotel hanno un'ottima connessione internet, per fortuna.
Adesso mi dedico alla posta delle sorelle Donguri, controllo subito le tue annotazioni. Mi raccomando, dopo controlla anche tu.

Donko

Cara Don,
hai superato il limite di battute consentito.
La minore delle sorelle Donguri

Cara minore delle sorelle Donguri,
non essere così severa.
Io non ce l'ho un confidente come le sorelle Donguri.
Scrivere è la mia terapia!
Non ho avuto un gran numero di fidanzati, ma finora mi sono innamorata tanto. Inoltre, prima che ci trasferissimo dal nonno mi è capitato una volta di andare a letto con un uomo e ricevere in cambio del denaro.
Non ci sono andata a letto con l'obiettivo di farmi pagare, è successo che mi sono ubriacata, sono finita insieme a questo tipo molto più grande di me e lui mi ha dato dei soldi.
Per un attimo ho pensato seriamente che tutto sommato

sarebbe potuta diventare un'attività remunerativa, ma mi ha lasciato un retrogusto così amaro che ho capito di non essere portata e ho buttato via il suo biglietto da visita seduta stante.

Grazie a quell'episodio, però, mi sono decisa ad andare a parlare con il nonno.

Ora sappiamo che il nonno si era costruito quell'immagine così austera per tenere alla larga le persone, e l'idea di andare ad abitare con un uomo così strano mi sembrava del tutto illogica.

Dopo la sua morte, però, ho saputo che il testamento che aveva redatto prima ancora che andassimo a stare da lui prevedeva già che avremmo ereditato la casa. Mi ha molto commosso.

Ho detto al mio ragazzo che volevo mandarti una fotografia del vero *samgyetang* e che la prossima volta voglio che tu venga con noi, allora per pranzo mi ha portato da Kōryō Samgyetang. Trovi le fotografie in allegato. Considerando che nei ristoranti si spendono in media cinquecento yen, questo posto è forse un po' caro, però era pieno di uomini d'affari e impiegate.

E si mangia veramente bene. Le zuppe sono delicate, piene di ginseng, da non crederci.

A pranzo si chiacchiera allegramente e si mangia *kimchi* a volontà: impossibile non essere in forma. Anche lui è d'accordo: "Una cosa che non mi piace del Giappone è che non posso mangiare sempre *kimchi*. Quando invece il riso senza *kimchi* mi sembra quasi inimmaginabile".

Fra l'altro pare che a casa sua non manchi mai il *kimchi* preparato dalla mamma.

In Corea senti la vita come qualcosa di tuo. In Giappone è come se ce la portassimo dietro tenendola chiusa in una teca di vetro, mentre in Corea ci scorre davanti agli occhi,

la sentiamo bruciare dentro di noi. Forse anche il Giappone della nostra infanzia era così.
Anche oggi abbiamo camminato tanto, tantissimo. Tenendoci per mano, battendo i piedi sull'asfalto ghiacciato.
Senza degnare di uno sguardo centri commerciali né negozi di marchi di lusso, abbiamo solo camminato, e quando ci stancavamo entravamo in uno di quei posti tipo Starbucks, compravamo dei bicchieri con il caffè e li stringevamo fra le mani per scaldarcele.
Non mi preoccupavo di niente: il caffè era buono, in quel momento esistevo solo io, e pazienza se il posto in cui mi trovavo non era veramente uno Starbucks. Incredibile, no? Solo in Giappone certe cose possono costituire un problema.
Alla fine siamo arrivati al Deoksugung, abbiamo pagato il biglietto per entrare, ci siamo fatti fare una foto davanti all'ingresso e abbiamo visitato quegli immensi edifici, tutti diversi tra loro, che la storia ha modificato a proprio piacimento.
All'interno c'era un grande museo, una costruzione in stile moderno, dove erano esposte delle fotografie. Non erano né strepitose né scadenti: la mostra era perfetta da visitare durante un appuntamento e anche noi, dopo aver visitato il mondo dei re, eravamo tornati a essere una normale coppia moderna. Abbiamo guardato le foto scambiandoci commenti non troppo profondi, quindi siamo usciti e ci siamo ritrovati ancora una volta in mezzo al paesaggio del passato.
Come dire...? Sentivamo il vento in lontananza, davanti a noi si stagliavano i grattacieli, eppure eravamo circondati dal mondo silenzioso e tranquillo degli antenati, ed era come se l'antico ci risucchiasse, come può succedere a volte anche in posti come Kyoto o Nara.

"Sembra che in passato questo posto fosse molto più grande," ha detto lui leggendo la guida.
Gli ho risposto: "Mi ha stupito vedere anche edifici in stile occidentale. Devono essere stati costruiti contro il volere del re, che poi è anche stato costretto ad abitarci".
Mi sono chiesta con quale stato d'animo avremmo visitato un luogo del genere se fossimo nati in quel paese, se per esempio fossimo stati due studenti in gita.
Fino a ora la mia vita non è stata poi così strana, ma a volte mi chiedo perché le cose siano andate come sono andate. D'improvviso mi ha colto la tristezza, ma era una tristezza dolce.
Sapere che in quel momento c'era qualcuno che teneva così tanto a me mi ha ricordato quando c'erano i nostri genitori.
Sarebbe bello se non finisse mai, ma so che è un sogno destinato a svanire.
Stasera mi porterà in un famoso ristorante che si chiama Chamsookgol. Non vede l'ora neanche lui, dice che lì è tutto buono, e ha invitato anche la nonna. L'idea di incontrarla mi emoziona un poco, ma in fondo non è che ci dobbiamo sposare, quindi cercherò di divertirmi e basta.
Mi pregusto l'idea di affondare le forbici in quelle costolette succose dopo averle arrostite.

Donko

Pensai che quando poteva scrivere liberamente superava di gran lunga il numero di battute cui per lavoro era costretta ad attenersi, ma allo stesso tempo mi sembrava di stare passeggiando insieme a lei nel giardino del Deoksugung. O piuttosto era come se fossi diventata uno spirito e dal cielo stessi osservando lei e il suo ragazzo mentre passeggiavano.
Il vento soffiava sul cielo di Seul, un altro giorno andava

ad accrescere la storia di quel luogo che portava ancora i segni del suo passato di reggia.

Così come quei resti, anche il quartiere dei grattacieli era immerso nel silenzio.

Come si comportano i maschi quando vogliono ricominciare a vivere? Comprano vestiti o chissà che? Si buttano anima e corpo nello sport? Escono a bere con gli amici?

Fu pensando a queste cose che, mentre mia sorella era ancora in viaggio, andai a tagliarmi i capelli.

Mi sarebbe stato bene anche un parrucchiere alla buona, uno vicino a casa, ma sentivo che per una volta dovevo fare le cose in grande e quindi, seppure un po' svogliatamente, presi appuntamento con un hair-stylist che mia sorella aveva conosciuto attraverso il lavoro alla rivista, e che aveva un salone attiguo al posto in cui abitava. La mia richiesta fu questa: "Forse ti sembrerà che abbia un aspetto trasandato, ma in realtà sono una persona dinamica e non del tutto ignorante in fatto di tendenze: voglio un taglio che mi rispecchi. E che sia semplice da mantenere".

Come tutti gli amici di mia sorella era un tipo in gamba e, dopo avermi rivolto un sorriso che tradiva anche un lieve disagio, prese i miei capelli arruffati ed effettuò un taglio dalle linee pulite, quindi me li tinse di un bel castano.

Io intanto lessi una rivista dopo l'altra, e quando credetti di aver capito come ci si vestiva e si portavano i capelli in quel periodo uscii dal salone e andai da Isetan a Shinjuku, esausta per quel taglio di capelli che mi ero concessa dopo chissà quanto tempo e forse anche perché sovraeccitata dal contatto con altre persone. Il percorso di riabilitazione però procedeva bene. Quando uno è stato chiuso a lungo in casa per cercare di rimettere le cose in ordine, uscire è sempre una liberazione. Per la seconda volta nella mia vita, stavo attraversando una fase di profonda introspezione, e forse avevo capito come affrontarla.

Comprai dei vestiti. Quelli invernali erano in saldo, ma ne presi anche di primaverili. E scarpe e sandali.

Al piano terra e al primo piano comprai parecchi cosmetici. I campioni che le aziende inviavano a mia sorella erano più che sufficienti, ma in quel momento dovevo considerare soprattutto i miei gusti.

Mi ricordai che mi aveva parlato di quanti cosmetici ci fossero in Corea, quindi decisi che le avrei scritto per chiederle di portarmi qualche maschera al ginseng. Scesi al piano sotterraneo e comprai dei *gyōza*, poi, con tutti i miei sacchetti di carta e la mia nuova acconciatura, presi la metropolitana. Tutta quella tensione mi aveva lasciata stanca, agitata, ma provavo anche una sensazione di pienezza, di completezza. La completezza era fondamentale.

Bene, se sono arrivata fin qui posso andare dove voglio. Posso anche tornare a guardare il mare.

Chiusi gli occhi e rividi il cielo azzurro sul lungomare di Zushi.

Come poteva un cielo essere così azzurro? Ne fui quasi turbata.

Quella mail inviata all'indirizzo delle sorelle Donguri aveva creato le condizioni perché la verità velata che mi aleggiava intorno si trasformasse in solida realtà. Dentro di me qualcosa si era messo in movimento per quietarsi solo una volta trascorso il tempo del lutto. Era come pensavo: tutto è collegato, si può ottenere qualsiasi informazione.

È questo a dare un senso all'attività delle sorelle Donguri.

Feci sì con la testa anche se ero sola.

Forse rivolta alla me riflessa nel finestrino, al trucco pesante applicato dalla commessa del reparto cosmetici, a quella nuova pettinatura cui dovevo ancora abituarmi.

Due giorni dopo tornò mia sorella, con un vago sentore di aglio nell'alito e la pelle luminosa.

"Ah, che stanchezza. Mi sento esausta nonostante non abbiamo nemmeno fatto sesso. È che mi piace troppo."

Così dicendo, posò vicino all'ingresso una grossa borsa che doveva contenere alghe essiccate coreane e maschere e BB cream di ogni tipo ed entrò reggendosi a stento in piedi. Fece dei gargarismi rumorosissimi, si sciacquò mani e piedi, mise il pigiama e bevve una lunga sorsata di birra.

L'aria in casa ha ricominciato a circolare, pensai.

"Dici sul serio?" le domandai. "Sul serio? Neanche una volta?"

"Sul serio. Però ci siamo baciati. È stato un viaggio, come dire, platonico. Dormivamo a volte in stanze separate – 'Ti sarai portata del lavoro,' mi ha detto. Certo, ormai è solo questione di tempo. Mi riferisco al sesso. Ma se ci penso sto male. La prima volta è l'inizio della fine, perché non possiamo fermare il tempo?"

Quel suo modo di ragionare mi era del tutto incomprensibile.

"Ma perché la prendi così? Potete farlo e continuare a procedere un passo alla volta, imparare a fidarvi l'uno dell'altra, magari sposarvi, non ti pare? A me non importa di restare sola se so che tu sarai felice, credimi."

"Non lo so. È che tutto mi viene a noia, molto più di quanto dovrebbe. E nonostante speri sempre che non accada."

Non è che dai un po' troppo peso al sesso? le avrei voluto dire, ma sapevo che non sarebbe servito a niente.

"Spero sempre che non accada," ripeté tra le lacrime.

Conoscevo le ferite che mi portavo dietro sin dall'infanzia, ma di mia sorella non sapevo nulla. Da cosa dipendevano quelle sue stranezze? Ma in fondo ognuno di noi ha le proprie manie, e le vediamo soltanto quando ce le troviamo di fronte.

"Mi piace innamorarmi. Leggerne i segnali in piccoli gesti, sentire lo spazio addensarsi intorno a noi. Ma quella non è la realtà. Per quelli a cui piace innamorarsi di solito è così. Non sanno come andrà finire, ma in ogni caso non riescono a vedere l'altro come un essere umano, e si chiedono cosa succederà loro se continueranno a starci insieme. Forse vogliono solo lasciarsi travolgere dalle immagini evocate da quella nuova presenza."

"Credo che all'inizio sia così più o meno per tutti."

"Sì, è l'inizio che mi piace," ribatté. "Ho sonno, vorrei dormire, ma non riesco a smettere di piangere. Mi leggeresti qualcosa?"

"Ma che succede? Non mi pare ci siano problemi, va tutto bene o sbaglio?"

Lo dissi con un tono talmente simile a quello di nostra madre che io stessa me ne meravigliai.

Era come se cercassi di tenere in piedi un castello di carte sul punto di crollare.

"Ho paura quando va tutto bene," rispose mia sorella con quel modo di fare di quando era bambina. Da piccola l'avevo vista così tante volte quell'espressione, lo sguardo distante, la mente altrove. Per me quella era sempre stata l'espressione delle sorelle maggiori. A me bastava uno sguardo verso di lei, ma quando lei si rivolgeva ai nostri genitori spesso le capitava di non ricevere le risposte che cercava. Loro non erano bambini, per questo non potevano capire.

Dovrei pensarci da me, ma adesso non ci riesco: questo diceva la sua espressione.

Presi dallo scaffale un libro illustrato che le piaceva e iniziai a leggere a voce alta.

"Nella scuola degli orsi ci sono 1, 2, 3, 4... 12 orsetti in tutto. Giocano insieme anche oggi.

La dodicesima, la più piccina, è una femmina e si chiama Jacky.

Jacky sognò di giocare insieme a David con lo skate al Polo Nord. E pensò che sarebbe stato proprio bello se avesse potuto farlo per davvero. Ma quando Jacky si svegliò, vide che David si preparava a partire da solo per il Polo Nord. Jacky salutò David.

Quando David se ne andò, Jacky si sentì molto triste.

I suoi fratelli fecero di tutto per consolarla, ma Jacky proprio non riusciva a ritrovare l'allegria. Come si fa? Come si fa?

Proprio in quel momento, dal mare arrivò una luce. Che sarà mai? pensarono, e si precipitarono fuori. Il cielo era tutto rosso."

Mia sorella aveva chiuso gli occhi e si era davvero addormentata.

Mi tranquillizzai e per un po' continuai a leggere il libro in silenzio.

Forse gli adulti scrivono per bambini perché vorrebbero vivere nei mondi che quelle storie raccontano. Anche noi eravamo due sorelle che conducevano una vita tutto sommato appartata, ma la nostra realtà era molto più concreta di quella degli orsetti. Chissà se anche loro a un certo punto si sarebbero sposati, resi indipendenti, se sarebbero diventati adulti. La nostra infanzia era durata troppo poco. Credo che sia difficile trovare la felicità da adulti se non si è assaporata davvero l'infanzia, ma in fondo noi avevamo cercato disperatamente di riprendercela. Nostro nonno, che aveva rappresentato per noi un punto di approdo, era mancato, e questo aveva segnato il passaggio all'età adulta.

Così come la notizia della morte di Mugi mi aveva raggiunto sotto forma di segnali e suggestioni, la mail di Yasumi mi aveva dato un po' di conforto, e la madre, ovunque si trovasse, mi aveva teso una mano.

Era una corrente che nessuno poteva vedere, ma era infallibile e certa.

E, forse, la prossima volta raggiungerà anche mia sorella, la aiuterà a non dare troppa importanza al sesso, a muovere i primi passi verso una relazione normale con un uomo nel quale riuscirà a vedere tutto l'amore e l'attenzione che servono.

Speravo proprio che fosse così.

Fino a quando avrei potuto vivere con mia sorella, fino a quando saremmo state le sorelle Donguri? Senza rendermene conto, pensai con tenerezza e nostalgia a quella parte di me che si era nascosta nel buio di un rifugio sotterraneo. Un luogo in penombra, caldo, confortevole, ma anche pieno di inimmaginabili inquietudini e paure. Ogni sogno ne conteneva un altro, ogni risveglio era il principio di un nuovo incubo.

Era iniziato con la morte dei nostri genitori? Dello zio? O forse del nonno? Di Mugi-*kun*? Non ero in grado di dirlo. Vedevo solo delle scatole cinesi, avvenimenti che si erano mescolati e avevano generato il vortice in cui mi trovavo. Pensavo sempre di esserne uscita, ma continuavo a ritrovarmici in mezzo.

A un certo punto mi sembrava di essermelo lasciato alle spalle, mi voltavo a guardare e la porta tornava a chiudersi. Evidentemente una parte del mio cuore era ancora intrappolata là dentro.

"Sai che pensavo?" disse mia sorella, con le guance ancora rigate dalle lacrime e gli occhi spalancati.

"Che colpo mi hai fatto prendere! Pensavo dormissi."

"Ero sveglia. Ti stavo ascoltando. Mi ero immedesimata in Jacky e stavo guardando il tramonto."

"Su, adesso dormi. Sarai stanca per il viaggio. Vorrei farlo anch'io un viaggio. Leggendo la tua mail mi è venuta voglia di vedere un cielo sconfinato."

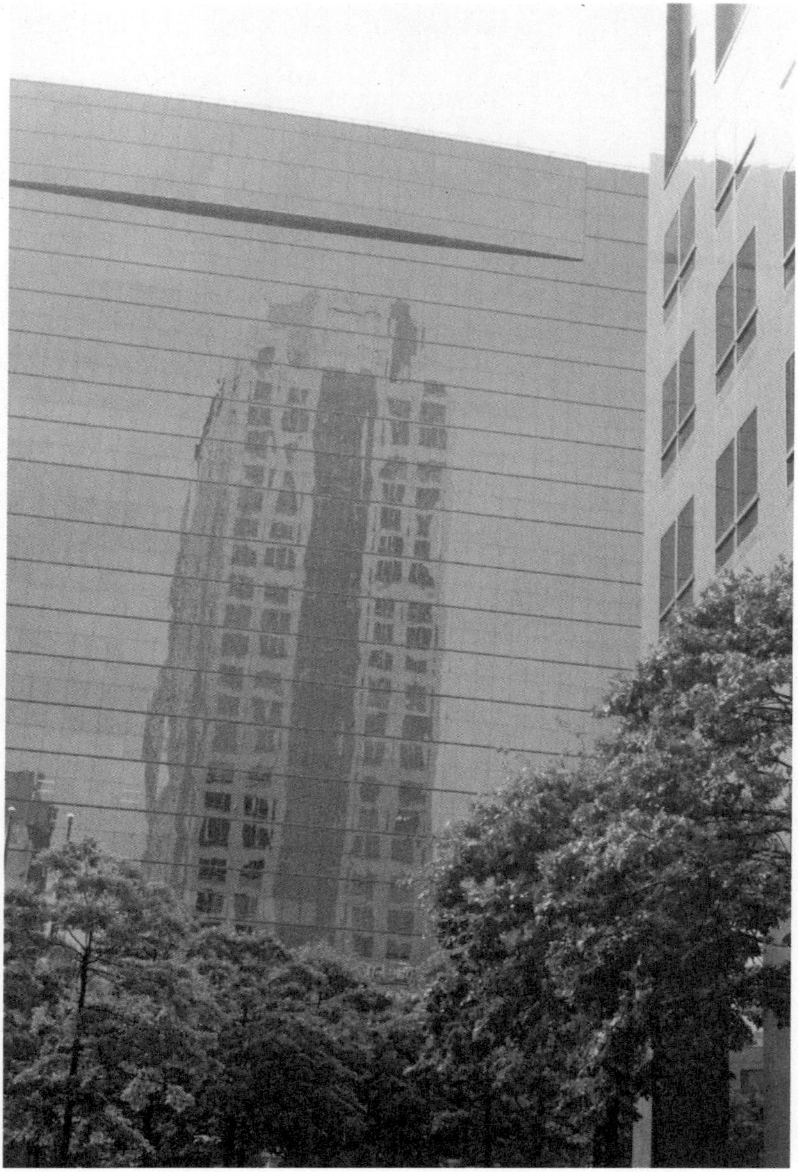

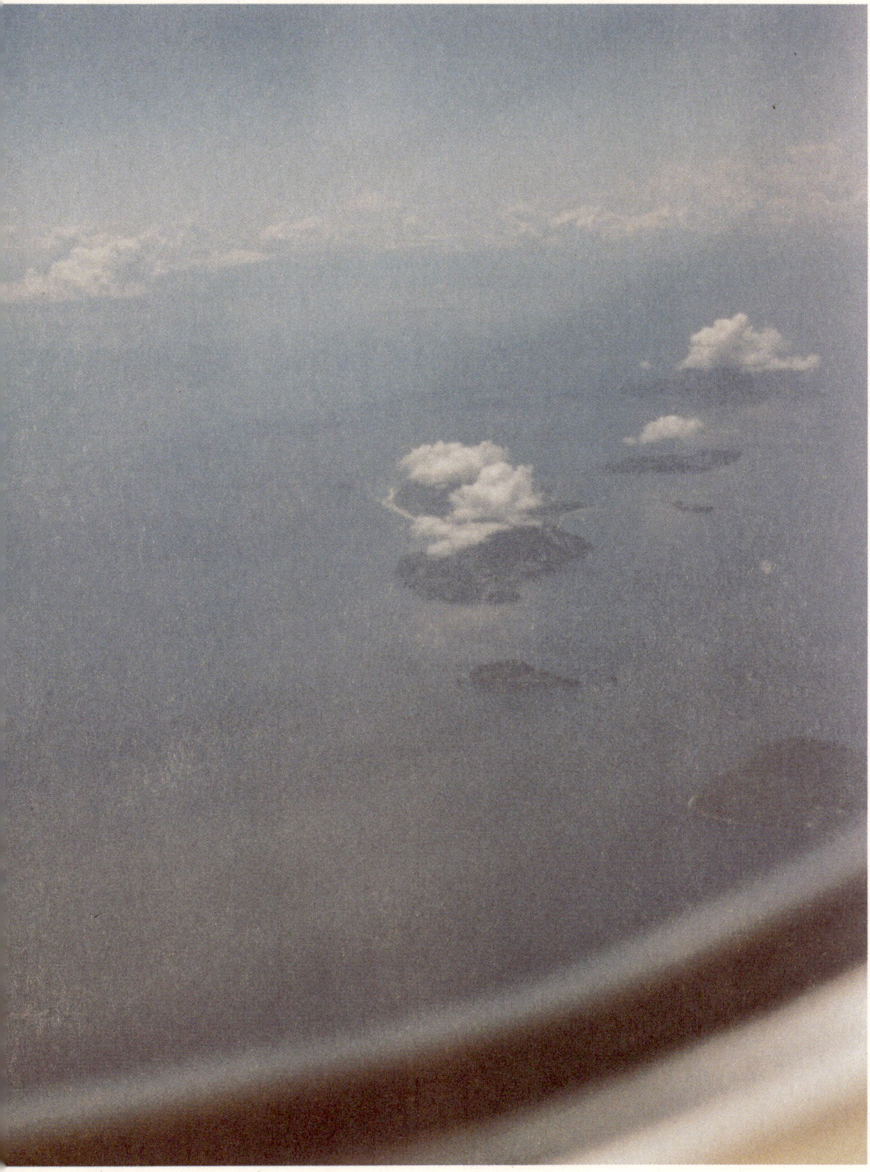

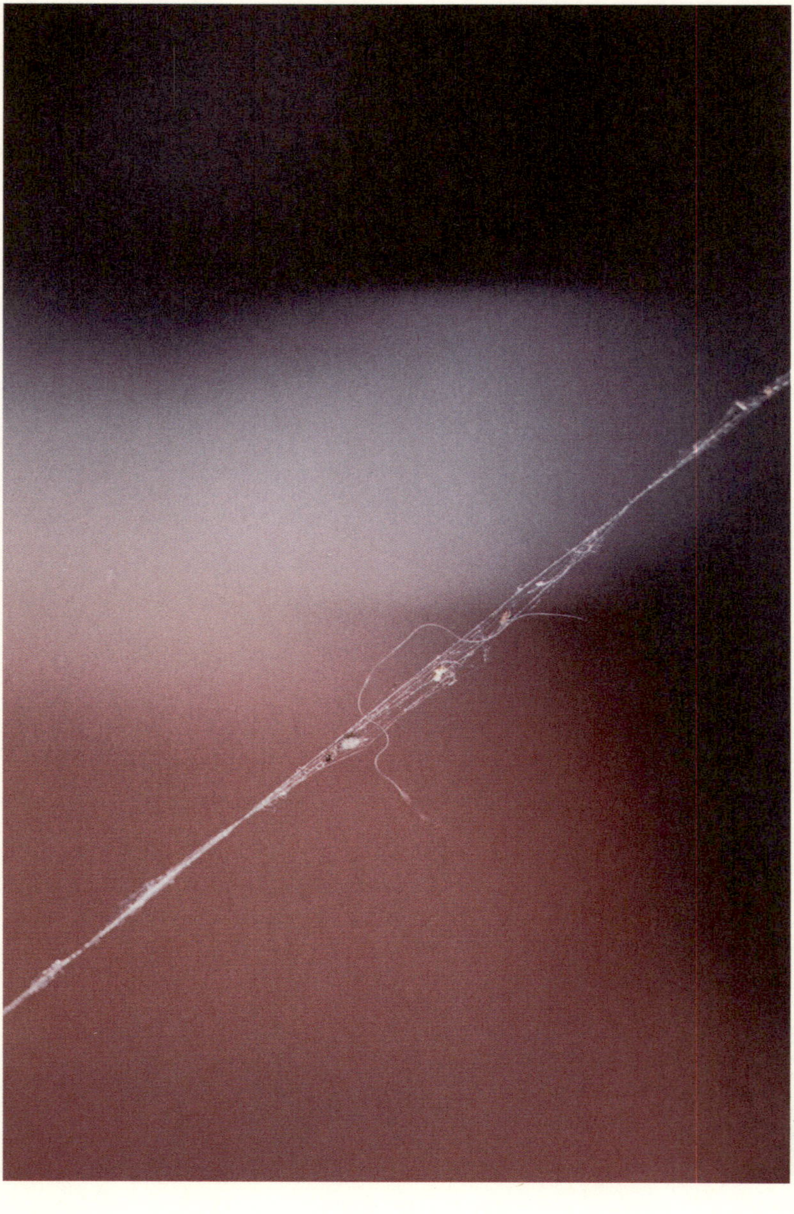

"...La fiera della ceramica," disse all'improvviso.

Mi voltai e la trovai che fissava il soffitto.

"Eh? Che hai detto?"

"La prossima settimana potremmo andare alla fiera della ceramica. A Okinawa."

"Ma che ti viene in mente, così di punto in bianco? Sei appena tornata da un viaggio e già vuoi farne un altro?"

"Ci voglio andare. In aereo ho letto una rivista che ne parlava. Scusa, se andiamo a Yamuchin-no-Sato possiamo comprare oggetti di Ōmine Jissei o Yamada Shinman a prezzi stracciati! Andiamoci, dai. Sarà anche un modo per onorare la memoria del nonno."

Per via del suo carattere, il nonno odiava viaggiare, ma gli piaceva la ceramica di Okinawa e aveva una ricca collezione. Davanti a casa nostra faceva bella mostra di sé una coppia di *shīsā* di Ōmine Jissei. Pare che fosse stato lo stesso Ōmine a regalarglieli, anche se non abbiamo mai capito come facessero a conoscersi. Temevamo che lo spostarli avrebbe attirato chissà quale sfortuna su di noi e quindi li lasciammo dov'erano, continuando a prendercene cura. E poi ci restavano molti altri oggetti di ceramica di Okinawa che il nonno usava quotidianamente, anche se non erano altrettanto preziosi, e che utilizzavamo pure noi.

"Hai tutti questi soldi da spendere?"

"Per una volta si può anche fare, non credi? Qualche risparmio ce l'ho. In Corea ha pagato quasi sempre il mio ragazzo e ho risparmiato un po' di soldi. Ci andiamo con quelli."

Ormai aveva ritrovato il sorriso, e anche se aveva ancora lo sguardo rivolto al soffitto, si capiva che sognava Okinawa a occhi aperti.

"Hai un tesoretto, insomma. E va bene, allora vengo con te."

"Ma sì, ti sei anche tagliata i capelli, a che serve se non vai mai da nessuna parte? Sai, quando ero in Corea pensavo sempre che ti avrei voluto mostrare quei paesaggi. È strano, non ti pare? Quando c'era ancora il nonno certi pensieri non li facevo."

"Be', forse perché dandoci il cambio riuscivamo a muoverci entrambe. E chi restava a casa non era da sola. Eravamo talmente prese dal nonno allora…"

All'improvviso mia sorella cambiò discorso: "Se fossimo in *Kamen Rider W* tu saresti sicuramente Philip, il maniaco delle ricerche".

"Mah, di certo non sarei Shōtarō, credo…"

Restammo per qualche istante in silenzio, poi disse: "Scusami per quanto ti ho detto su Matsudaira. Sicuramente avevi pensato chissà da quanto tempo di fare delle ricerche su di lui, non è così? Se non l'hai fatto è solo per una forma di romanticismo. L'ho capito mentre ero in viaggio".

Parlare di ricerche le aveva fatto tornare in mente questo discorso.

"…Sì," risposi. "Non preoccuparti, in fondo le tue parole mi hanno fatto riflettere su tante cose."

Non le avevo ancora detto che Mugi-*kun* era morto. Era quella la mia vera forma di romanticismo. Avrei fatto passare un po' di tempo e poi glielo avrei detto. Era il mio piccolo dramma, volevo tenerlo ancora un po' per me prima di renderla partecipe.

L'incontro con sua madre non aveva smesso di sembrarmi sospeso tra sogno e realtà. Il cielo azzurro, lo sguardo vuoto di quella signora dall'aria triste, il rosso delle gerbere. Era come se quel momento e quel luogo avessero viaggiato tra una dimensione e l'altra per uscire dal sogno e manifestarsi nella realtà. E forse le gerbere vi erano rimaste, forse fiorivano ancora davanti all'altarino dedicato a Mugi-*kun*.

"Noi due siamo una cosa sola," disse ridendo mia sorella. "Se le sorelle Kanō o i fratelli Ōmori dovessero mandarci un reclamo potremmo cambiare il nostro pseudonimo in Kamen Donguri W."

"Così i prossimi a prendersela con noi sarebbero quelli della Ishimori Production."

Decisa a non assecondare i suoi vaniloqui, chiusi il libro e mi alzai. Stavamo andando avanti un passo alla volta anche se sembrava che girassimo in tondo, ma col trascorrere delle stagioni, e delle situazioni, anche noi piano piano saremmo diventate grandi. Addormentate l'una accanto all'altra sullo stesso letto, come nella *Scuola degli orsetti*, proprio uguali a come eravamo da bambine, a come eravamo ancora nella parte più profonda di noi. Dove aspettavamo sempre il papà e la mamma. Un'attesa lunga una vita. L'attesa del momento in cui li avremmo raggiunti in paradiso.

Mia sorella cadde per prima in un sonno profondo, quindi mi addormentai anch'io, sebbene fosse ancora presto. E ancora una volta sognai Mugi-*kun*. Non so come né perché, ma mentre sognavo mi dicevo che ormai non avrei più rivisto il vero Mugi-*kun*, nemmeno in sogno. Quindi mi soffermai a guardarlo il più possibile.

E così non ci incontreremo più, ma in fondo non è che finora ci si sia incontrati per davvero, pensavo. Nel sogno vivevamo insieme. In un piccolo appartamento mai visto prima, la cui finestra dava sul mare. L'appartamento era al secondo piano e affacciava su un viottolo sterrato rasente la costa con la distesa dell'oceano a perdita d'occhio. L'appartamento era arredato in modo semplice, quasi anonimo. Non mi sembrava di essere a Zushi. Che fosse il nostro nido d'amore in un mondo parallelo? C'è una tale libertà nei sogni che qualche volta fatico a comprenderne il significato.

Mugi disse: "Come pensavo: non staremo mai insieme".
"Non siamo insieme adesso?"
"Ma io devo andare."
Era la prima volta che lo vedevo da adulto, fatta eccezio-

ne per la fotografia che lo ritraeva nel giorno del suo matrimonio, quella che avevo sognato un po' di tempo addietro. Rispetto a quand'era bambino aveva un fisico più asciutto e muscoloso, ma a me piaceva di più da piccolo, quando aveva ancora una rotondità infantile. In fondo era quello il "mio" Mugi-*kun*. Quello del sogno, ormai adulto, aveva la pelle abbronzata e indossava dei pantaloni corti.

"Devo tornare di là, non posso allontanarmi troppo."

"La tua voce non è cambiata."

Lo abbracciai. Ero disperata. Nonostante lui fosse lì vicino a me, non c'era nessun futuro ad attenderci.

Mi sembrò di capire almeno in parte ciò che provava mia sorella.

È così: avere accanto una persona quando sai già che a un certo punto il legame dovrà spezzarsi è come essere drogati. Fa meno male lasciarsi prima di risvegliarsi dall'incantesimo. Non significa non amare abbastanza, ma voler fermare il tempo nel momento in cui si è amato di più.

Il suo petto, che avevo sempre guardato ma mai neanche sfiorato, era possente. Mi sembrava incredibile che qualcosa di così solido potesse svanire.

"Grazie per tutte le premure che hai avuto nei miei confronti."

Non capii che volesse dire. Si riferiva al sogno che avevo vissuto? Ai fiori che gli avevo offerto in dono? Ma era così tanto tempo che non vedevo il suo sorriso schietto e non gli sentivo pronunciare la parola "grazie" che mi sentii come estasiata. Era una scena meravigliosa. Probabilmente avrebbe superato ogni futura relazione nella vita reale, ogni uomo con cui avrei fatto l'amore.

D'un tratto mi resi conto che ci trovavamo in un altro posto. Il cortile di un edificio sconosciuto. Non c'erano né fontane né statue, solo un albero piuttosto basso. Accanto a Mugi c'era un suo caro amico dei tempi della scuola. Aveva la carnagione scura, era alto e robusto, non ricordavo come si chiamasse, ma loro due ridevano e si prendevano in giro continuamente, mettevano allegria solo a guardarli.

"Grazie. Grazie davvero," disse, e prima che potessi capire cosa stesse accadendo mi abbracciò.

Mi fece piacere. Era come se mi avessero coinvolto in qualcosa di importante.

"Chi l'avrebbe detto? Sei proprio in forma, e pensare che allora eri un fuscello," disse ridendo. Aveva la testa fasciata, il che mi fece pensare che fosse appena uscito dall'ospedale. Forse, nel mondo in cui ci trovavamo, mi ero presa cura di loro mentre erano ricoverati in ospedale. O forse a un certo punto, nel mondo reale, era morto anche lui.

Mi sarebbe bastato chiedere in giro per saperlo, ma preferivo di no.

"Be', ho trent'anni ormai."

"Ah, sì? Comunque sia, grazie." Il suo tono era gentile.

Quindi attraversò a passo svelto il cortile, sulle cui pareti si arrampicavano foglie d'edera ormai secche, ed entrò all'interno dell'edificio.

Mugi disse: "Grazie davvero per ciò che hai fatto per lui". Quindi si frugò nelle tasche e mi porse una caramella al tè nero.

"Che vuol dire?"

"Non ti piaceva il tè nero?"

Mi ricordai che alle medie amavo molto il tè nero, e approfittavo degli intervalli tra una lezione e l'altra per berne da un thermos che mi portavo da casa. Quindi durante i nostri incontri in sogno io per lui resto sempre quella che ero alle medie, di me non sa altro. Magari crede che io sia morta. In effetti i miei reni erano messi male ed ero molto magra e debole.

Eppure adesso sono viva e in salute, mentre tu sei morto. Com'è possibile?

"Grazie," ripeté.

Piangendo, presi la caramella. Un dono dal paradiso. La misi in bocca e ne assaporai la dolcezza. È dolce, è veramente dolce.

"Di nulla," risposi.

Da dove arrivavano quelle sensazioni? Dalle profondità del mio cuore. Non si trattava di gentilezza, né di dolcezza, né di consolazione. Per me era una cosa seria. Non esisteva nient'altro. Nient'altro che potessi dire in quel momento, e nel sogno decisi che era giunto il momento di dirlo.

"Non fa niente se non abbiamo un futuro, restiamo insieme, fosse anche solo per un minuto, fosse anche solo per un secondo di più. Viviamo insieme. E se alla fine non avremo accumulato che uno o due giorni non importa: ci accontenteremo."

Dalla disperazione era nata una flebile speranza.

Annuì. Sembrava lì lì per piangere, ma riuscii a percepire l'ombra di un sorriso. Ride, pensai. La sua espressione, mentre cercava di ridere a ogni costo, ricordava moltissimo quella della madre.

Ero felice di averglielo detto. Era come se fossi riuscita a scacciare il sortilegio che si era abbattuto su di me quando ero venuta a sapere della sua morte. Lo strano sentore che avrei potuto fare qualcosa e che invece avevo scelto di fuggire. Un attimo ancora e quei pensieri mi avrebbero consumato come un virus. Fortunatamente ero riuscita a scrollarmeli di dosso. L'atteggiamento di Mugi-*kun* mi trasmise forza. La gratitudine che provavo verso di lui per avermi sostenuto in passato mi aiutò a restare in piedi.

"Grazie," ripeté. "Senti, c'è ancora quel locale vicino a casa tua? Quello che si chiamava 58, o forse 56, una cosa del genere?"

"Non saprei, è da tempo che non abito più lì."

Ricordavo vagamente un locale che serviva hot dog, o

forse gelati, uno di quei posti, insomma, dove gli studenti delle medie amano fermarsi a mangiare un boccone prima di tornare a casa.

"Davvero? E io che pensavo che tu stessi ancora da quelle parti."

Continuavo ad ascoltarlo e intanto raccoglievo dei frammenti luccicanti di qualcosa che erano sparsi lì per terra.

"Ah, sì? Be', da quando non abito più con mia zia ho smesso di frequentare quella zona."

Mi voltai ma Mugi-*kun* non c'era più. Pensai che forse era andato nella stessa direzione del suo amico.

Il cortile era pieno di frammenti di metallo. Qualcosa mi diceva che erano rimasti lì dall'incidente. Quei pezzi di metallo e plastica riflettevano la luce del sole. Mi sentii triste. Se n'era andato. Fingevo di non provare rimpianti, ma sentivo di aver perso qualcosa che nessuno mi avrebbe mai restituito.

Alla fine non feci alcuna ricerca. Non seppi mai se l'amico di Mugi-*kun* fosse morto o no, né se fosse ricoverato in un ospedale con un cortile. Saperlo non avrebbe cambiato le cose. Avevo fatto abbastanza. Sentivo di non dover fare altro. Ci eravamo incontrati in quel cortile, ci eravamo parlati, e questo era sufficiente. La me stessa del sogno si era comportata egregiamente, e in questo modo aveva salvato la vera me. Nel mondo reale non mi ero lasciata sfuggire alcuna occasione, ecco perché nel sogno mi ero potuta affidare all'istinto. Nei sogni non esiste menzogna, non nascondono nulla. Mi ero chiusa in me stessa quando sentivo di non poter fare altrimenti per poi rimettermi in moto al momento opportuno.

A Okinawa io e mia sorella ci andammo per davvero.

Mia sorella si affrettò a comprare i biglietti e a metà dicembre atterrammo all'aeroporto di Naha. Lasciati alle spalle i mucchi di souvenir variopinti e il chiasso delle comitive, trovammo ad attenderci il sole e un tepore quasi estivo.

Nel primo pomeriggio effettuammo il check-in in albergo e noleggiamo un'auto, quindi mia sorella si mise alla guida e si diresse verso nord.

Il mercato delle ceramiche di Yamuchin-no-sato, nel villaggio di Yomitan, che prima di allora avevamo visto solo alla tv, brulicava di visitatori. Arrivavano da ogni parte del paese ed erano tutti intenti a scegliere ciotole e altri oggetti. I loro volti erano rilassati, forse perché tutte quelle cose servivano semplicemente ad abbellire le case.

Per le vie di Yamuchin-no-sato si perde la cognizione del tempo. Forse per via dei forni *nobori*, che ricordano dei bruchi, una forma rimasta invariata nel corso dei secoli, o forse perché le divinità della ceramica vegliano su quei luoghi oggi come allora. O magari perché le persone che ci abitano vivono una vita semplice e operosa. La loro presenza, il loro duro lavoro, aleggiano dappertutto, trasmettendo ai visitatori la vaga sensazione di trovarsi in un sito archeologico.

Ora capivo perché il nonno amasse così tanto quelle ceramiche.

Nel mio cuore c'era sempre una stanza che ospitava i miei cari ormai scomparsi, una stanza per i miei genitori e per il nonno, una stanza piena di ricordi che mi seguiva dappertutto. "Nonno, questi sono i forni da cui sono uscite quelle ceramiche che ti piacevano tanto, e quelle sono le persone che le hanno modellate, scommetto che non le avevi mai viste," pensavo lungo il cammino.

"Come mai il tuo ragazzo non è venuto?"

Mi ero aggregata a mia sorella credendo che loro due piccioncini sarebbero partiti insieme, quindi non mi spiegavo perché alla fine lui non fosse con noi.

"Doveva partire per lavoro proprio in questo periodo. Ma non fa niente. Gli porterò un ricordino. Un vaso di terracotta di Ōmine oppure delle brocche *kara-kara* di Shinman. Gli farà piacere."

Mia sorella arrossì.

"Finalmente avremo anche noi un po' di piatti nuovi." Portavamo con tutte e due le mani buste di carta piene di piatti, ciotole e vasi.

"Dove andiamo stasera? Vuoi provare lo stufato di pesce di Urizun? Oppure preferisci il sushi preparato con il riso al nero di seppia che servono da Kara kara to chibuguwaa? Se no facciamo un giro di locali dove si beve."

"Voglio assaggiare i gamberi saltati. Quelli con l'olio piccante di Ishigakijima."

"Allora dobbiamo andare da Kara kara. Domani però si va a mangiare i *soba* di Kopengin, poi facciamo rifornimento di olio piccante da portare a casa e da lì dritte dritte in aeroporto."

"È vero, dobbiamo comprare l'olio piccante. Non possiamo portarne più di uno a testa, ma con due saremo a posto per un sacco di tempo. Potremo usarlo per accompagnare il riso."

"Ma prima ci aspetta un bel po' di lavoro in albergo."

"Dobbiamo far entrare il bottino in valigia. Sarà divertente."

"Quindi cerchiamo di non bere troppo."

"Ma in viaggio è quasi obbligatorio bere un po' più del solito."

Sembrava che i forni *nobori* se ne stessero acquattati a origliare la nostra conversazione. Nella quiete della stagione in cui sono a riposo se ne stanno lì in attesa del fuoco o semplicemente osservano lo scorrere del tempo?

Il fischio del vento, il crepitio del fuoco, le risate e i mormorii di chi lavora all'interno delle camere di cottura: tutto è inghiottito dalla terra. Era un accumulo di dimensioni gigantesche quello che mi circondava.

"Ahh, come mi piacerebbe vivere così per sempre," disse mia sorella. "Potrei essere lesbica, portarti a letto, devastarmi di droghe e alcol, e la vita scivolerebbe via in un soffio..."

"Be', non saprei..."

"Ma sì, non sarebbe male. E invece è come se stessi sempre nel mezzo. Ma non dovremmo dimenticare che siamo nate dall'unione felice di un uomo e di una donna che ci hanno dato moltissimo amore."

Avvolta nel suo cappotto di Martin Margiela, morbido e lungo, con i colori accesi del trucco che esaltavano il candore del suo bel profilo, mia sorella fece un sorriso.

Ti metti a fare la dura proprio con me, adesso? avrei voluto dirle, anche se in realtà, accarezzata dal vento freddo di Okinawa, stavo pensando le stesse cose.

Quel vento freddo e insieme dolce mi ricordava il momento in cui un gelato comincia a sciogliersi. Il profumo di un vento estivo e lo splendore del freddo invernale si mescolavano e venivano ad accarezzarmi le guance.

"Dici così perché, udite udite, hai la sensazione che con questo ragazzo sia finalmente la volta buona?"

"Macché. Nessun uomo potrebbe capire la vita di cui parlo, non è possibile. Certi sogni non li faccio più, non sono così ingenua. Ma alla mia vita non voglio rinunciare. Ecco perché nessuno potrà mai restare con me fino alla fine. Tu però non devi preoccuparti, Guri-*chan*. Arriverà qualcuno di cui ti innamorerai per davvero e saprai affrontare questo sentimento. Vorrei che ti sposassi, che avessi dei bambini. Certo, mi sentirò sola. Quindi ogni tanto mi lascerai prendere in braccio i tuoi bambini, vero?"

"Ma che dici, quanto corri? Pensa al presente. Vivi nel presente."

Ci avvicinavamo all'auto.

"In un posto così tranquillo e pieno di spazi verdi sembra che tutto sia un sogno," disse, sorridendo, mia sorella.

"In che senso 'tutto'? Ti riferisci all'amore?"

"No." Abbassò gli occhi e scosse la testa. "Tutto. L'amore, le sorelle Donguri, la raccolta del tè con gli zii, la vita con il nonno, casa nostra. E questo viaggio, anche."

"È vero."

Mia sorella alzò la testa, guardò verso il cielo, fece un profondo sospiro.

"Che succederebbe allora? Se tutto fosse un sogno, intendo. Se tu e io in realtà fossimo morte nello stesso incidente dei nostri genitori e stessimo solo sognando di essere vive. Se questo cielo e tutte le ceramiche che abbiamo comprato oggi fossero solo un sogno."

"Mi ricorda un romanzo che ho letto di recente," dissi ridendo. "Sai che c'è? Che a me starebbe bene comunque. Adesso sto bene." Lo dissi con convinzione.

Il punto non era che fosse sufficiente star bene per continuare a vivere. Sono il corpo e i sensi a ordinarcelo e noi eseguiamo. Ma davanti a un tramonto così bello, avvolta da quell'aria mite, mi sentivo felice. La felicità e la tristezza vanno e vengono come le onde sul bagnasciuga. Se oggi cerchiamo rifugio tra le mura di casa, arriverà anche il momento in cui sentiremo il desiderio di uscire. È un processo inesauribile, come le onde del mare, sia che lo stiamo a osservare sia che cerchiamo di restare a galla. È la sola gioia del vivere.

"Anche per me è così," disse mia sorella. "Va bene anche se è un sogno, ma per oggi voglio bere *awamori* e mangiare tante cose buone."

Fosse anche solo per un minuto, fosse anche solo per un secondo di più. Un anno, forse due, un passo alla volta.

Mentre sistemavamo le ceramiche in auto con la delicatezza con cui si maneggia un neonato, circondandole di coperte e cuscini, mia sorella era tutta sorridente. Mi disse: "Senza neanche accorgercene abbiamo fatto un bel po' di strada noi due, non ti pare? E ne voglio fare ancora tanta".

Parlava in senso figurato? O si riferiva al posto in cui ci trovavamo in quel momento? Per un istante pensai di domandarglielo, poi lasciai stare. Era anche quella una forma di romanticismo, o di prudenza, ma soprattutto di delicatezza. Ciò che per me contava di più, ciò che dava significato alla mia vita.

Mia sorella mise in moto e in men che non si dica ci lasciammo alle spalle Yamuchin-no-sato. La collina, i vecchi recinti di pietra, gli incredibili accostamenti di colore dei forni *nobori* si allontanavano sempre di più. Addio, mondo antico. Torniamo al presente, a Naha. Mia sorella selezionò della bella musica anni settanta dall'iPod e inforcò gli occhiali da sole con un gesto sicuro. Scivolavamo via, con animo tranquillo, lungo quelle strade fuori mano immerse nella quiete delle case e dei campi.

Allora stavamo viaggiando per davvero, ma la nostra vita sarebbe stata un viaggio in ogni caso. Non sapevamo dove ci avrebbe portato. Un mare grande, sconfinato, dove il sogno si confondeva con la realtà, sfiorandola talvolta, e talvolta allontanandosene.

Le sorelle Donguri ci sono ancora, mormorai tra me e me.

Glossario

awamori: distillato di riso tipico di Okinawa e del resto delle Ryūkyū, la cui gradazione alcolica aumenta in proporzione all'invecchiamento. Quando è più vecchio di tre anni, prende il nome di *koshu* o *kūsu*.

beigoma: gioco che consiste nell'avvolgere un filo attorno a un piccolo cono di metallo e poi lasciarlo, facendolo girare come una trottola.

-chan: suffisso posposto al nome di persone, più spesso bambini e giovani donne, con le quali si intrattengono rapporti particolarmente confidenziali.

family restaurant: tipologia di ristorante, generalmente facente parte di una grande catena, in cui è possibile consumare pasti non particolarmente ricercati ventiquattr'ore su ventiquattro.

futon: letto tradizionale giapponese, composto da un sottile materasso che poggia direttamente sul pavimento, generalmente un *tatami* (vedi) e una trapunta. Al mattino viene ripiegato e riposto in un armadio, lasciando libera la stanza.

gyōza: piatto di origine cinese cotto al vapore che nella forma ricorda il raviolo. I *gyōza* si consumano con un intingolo a base di salsa di soia.

hikikomori: definizione attribuita sia al fenomeno dell'isolamento dalla società sia a coloro che scelgono di isolarsi. L'isolamento il più delle volte è volontario, con i soggetti interessati che recidono ogni legame con il mondo esterno. Oggetto di studi e di percorsi di riabilitazione, il fenomeno degli *hikikomori* viene talvolta affrontato alla stregua dei disturbi mentali, più spesso come problema di socializzazione. Benché generalmente associato al Giappone, negli ultimi decenni si è esteso in molti altri paesi del mondo, Italia compresa.

kimchi: verdure (solitamente cavolo cinese) fermentate con spezie, è uno degli ingredienti principali della cucina coreana. Ne esistono diverse varianti ed è oggi acquistabile già pronto in qualsiasi negozio, ma resta l'usanza di prepararlo in casa, in grande quantità, in determinati periodi dell'anno (tra novembre e dicembre a Seul, a dicembre nella zona meridionale).

kotatsu: sistema di riscaldamento costituito da un tavolo ricoperto da una trapunta, sotto il quale è posto un braciere.

-kun: suffisso posposto a nomi di persona, solitamente di genere maschile, per indicare un certo grado di familiarità, spesso se utilizzato verso individui di età più giovane.

manga-kissa: locali in cui si paga una tariffa oraria che consente di avere una postazione dove leggere manga e consumare bevande e pasti leggeri.

miso: composto ottenuto dalla fermentazione di soia, sale e lievito. È alla base di numerosi piatti della cucina tradizionale, tra cui il brodo (*misoshiru*) che accompagna la maggior parte dei pasti giapponesi.

mul kimchi: variante del *kimchi* (vedi) meno piccante e più acquosa.

namul: erbe, piante, funghi e alghe utilizzati come ingredienti in molti piatti della cucina coreana tradizionale che, pertanto, assumono la stessa denominazione.

okayu: pasto semiliquido ottenuto dalla bollitura del riso per un lasso di tempo prolungato. È considerato molto salutare consumato quando le condizioni di salute non sono buone.

onigiri: alimento preparato con riso condito con vari ingredienti e stretto in un'alga. Può avere forma triangolare o sferica, e si consuma generalmente come pasto veloce.

ryokan: locanda in stile tradizionale, in molti casi a conduzione familiare, con stanze con *tatami* (vedi) e *futon* (vedi).

samgyetang: zuppa (*tang*) tipica della cucina coreana. Si consuma calda, e gli ingredienti principali sono il pollo (*gye*) farcito di riso glutinoso, l'aglio, lo zenzero e il ginseng (*insam*).

sashimi: fettine di pesce crudo che si consumano con un intingolo a base di salsa di soia.

shīsā: creature leonine con tratti simili ai cani che costituiscono il soggetto di statue decorative tipiche di Okinawa e delle Ryūkyū. Di derivazione cinese, a partire dal diciannovesimo secolo hanno iniziato ad adornare le abitazioni con lo scopo di tenere lontani gli spiriti maligni.

soba: pasta lunga a base di farina di grano saraceno. Si consumano caldi, in brodo, oppure freddi, intingendoli in una zuppa servita a parte.

tatami: stuoie di paglia dalle dimensioni standard di 90×180 cm che ricoprono i pavimenti della casa tradizionale. Costituisce anche l'unità di misura per le stanze.

yukata: kimono in cotone. Si indossa soprattutto durante le feste stagionali estive e si trova negli alberghi in stile tradizionale e negli stabilimenti termali.